孔雀の羽の目がみてる

蜂飼耳

白水社

孔雀の羽の目がみてる

装幀・本文レイアウト＝菊地信義

目次

I

II

III

I

四月の一列

友人にさそわれて、お寺ばかりの町を歩いた。学生のころ『源氏物語』を勉強し、華道をならい、さらにスケートもやっていた彼女は、花鳥風月に敏感なうえ、すばやい。ロンドンの霧をかき分けて、ぴぴっと飛んできたのだ。仕事の休暇を桜に合わせて。空は新しい窓みたいにくっきりと晴れわたり、桜も見ごろだったので、出かけた。元気だった、二年ぶりかな、会うのは、などといいながら。

その町に着き、歩きはじめると、彼女は後ろからいうのだった。「あのね、今度転職するんだ。パリに引っ越す」。どうして後ろからかというと、一列になって歩いているからだ。道がせまく、いつのまにか一列になっているのだ。私は斜め後ろに首をまわし、「え、そうなの」と答える。その姿勢をとれるのは一瞬だ。ぼんやりすると、正面から来るひととぶつかってしまうので。「今度は、どんな」とまた瞬間的に振りむき、訊ねる。「あ、今度はね、乳製品あつかうの。いまの会社はソースだけど」。また背中をこえて答えが返ってくる。

ガードレールをはさんで車が次々に追い越していく。音の大きい車、小さい車、排気ガスが黒い車、バイク、オートバイ、たまに自転車。トラックなどがはげしく音をたてて過ぎるときは、後ろの彼女がなにをしゃべっても、聞こえない。「ごめん、なに、なに」と聞き返す。それで、最初にいった通りにいい直してくれることもあるし、ダイジェスト版になっていることもある。道幅が、ならんで歩けるほどに広がったところにはもう、別の話に移っている。聞き逃しちゃった、という気分になる。私の声もときどき彼女にとどかない。「え、なに」といわれて、いい直すが、二度目もとどかないと、諦めそうになる。「道、せまいねー」「ほんとー」というのだけは、とどく。ふたりとも、その瞬間、そう思っているから。

何年かに一度しか会わないのだから、話はいろいろあるのだ。せっかく会ったのに、これは、と一列で歩きながら私は思いはじめた。お寺に入ると、ゆっくりできる。けれど今度は門やら花やら苔やらいろいろ見るので、見ながら話すのはまたむずかしい。聞いているのに聞いていないような、うまくいかない感触が、手足にまとわりつく。なにか他のことをしながら話をするのは、むずかしいことなのだ、と改めて知った。それとも、そんなふうに思うのは私だけだろうか。たとえば私はものを食べながら話をするのが得意ではない。ナイフとフォークで手もとの食べ物を切り分けている瞬間に話しかけられると、うまく聞くことができない。いや、ほんとうは聞けているのかもしれないが、聞けない、聞き逃した、とその瞬間、風船のようにふくらみ、しぼむ。運動神経がわるいのだろう。それとももっと別のところがわるいのだろうか。

竹がたくさん生えているから竹寺。そこへ行く。竹のあいだに道がつけてあるが、これがまた、せまい。せまいから、奥へ行くひと、もどるひと、二方向からぶつかることがだいぶ手前でわかる。見える。それがなんだか恥ずかしい。ぶつかったら、どうぞ、と道をゆずり合うだけだが。友人は踏み石から落ちた。踏み石と踏み石のあいだは、電車とホームの隙間くらいあいているのだ。落ちてもおかしくない。危ないと思うが、そのお寺では昔からそうなのだし、いまもそうなのだ。

「石、気をつけてね」。一列で歩いても、今度は伝わる。しっかり伝わる。声を消すものはない。風の音。竹を鳴らす風の音ばかりがしている。「うん、ちょっとすべった」。返ってくる声も、はっきり聞こえる。あ、聞こえる聞こえる、とうれしい。相手にいうほどのことでもないので口には出さないが、聞こえる聞こえる、とひとり歓ぶ。そのあいだに踏み石を五つ六つ渡っている。

おとなになったら

火星が六万年ぶりに大接近したこの夏、冷夏だというのに、軒先の胡瓜《きゅうり》はよくなった。誇張ではなく、日に三センチくらい、伸びるのだ。おかげで胡瓜ばかり食べて過ごした夏だった。じつは糸瓜《へちま》と胡瓜と、まぜて植えたのだが、糸瓜のほうはいつのまにか、見えなくなった。胡瓜の勢いに押されて消えたらしい。それでもときには不安で、ひょっとしたら、いま食べているこれが糸瓜ではないかと確認することもあった。

日没、それから赤い星があらわれる。火星だ。星は、影となって宙に下がる胡瓜のあいだを夜ごと移動する。左の胡瓜から右の胡瓜へ移っていく火星を見ていると、時間の経過とはただそれだけのことのように思えてくる。六万年というのがどういうことなのか、私にはさっぱりわからない。火星の大接近は、生きているうちに二度と遭遇しない出来事らしい。世の中では火星の土地の売買まで行われていると聞く。火星はだいぶ売れたのだろうか。明日私の口に入るであろう胡瓜と胡瓜のあいだを、それでも赤い星は変わりなく動いていく。

「おとなになったらわかるわよ」

十代のころ、英語を教わっていた先生がいった。髪の短い、おしゃれな先生でいつもくるりとスカーフを巻いていた。巻き方はその都度ちがった。私も、あんなふうに巻けるようになるだろうか。そう思いながら隠れた首のあたりをながめていた。ある日、なにかの話のつづきで、私が博物館や美術館へ行くのがすきだといったら先生は首をかしげてだまった。「博物館や美術館はねえ、苦手なの」。予想と反対だったので、あわてた。理由など訊かなくてもよかったのに、訊いていた。その答えが「おとなになったらわかる」だったのだ。

軒の胡瓜を流しでゆすいで食べ、出かけていった先の博物館で、その言葉が急に記憶の底からよみがえった。一度も思い出したことなどなかったのに、突然、思い出した。博物館はごったがえしていた。石の建物にふだんの冷気はなくて、入口から出口まで、花火大会のようなにぎわいだ。夏休み中の子どもたち。子どもを連れて来たおとなたち。そして、おとなだけで来たひとたち。

ガラス一枚へだてて、すべては同じ距離に置かれている。水銀で回転する江戸時代の人形も、百五十年前の昆虫標本も、龍骨も望遠鏡も人体模型もなにもかも。ガラスケースのなかはそれほど混んでいない。混んでいるのはこちら側ばかりだ。安全な場所で、老若男女の視線にさらされつづけ、それでもなお磨《す》り減ることのないものたち。時間の流れのなかから拾い上げられたものたち。私はなにを見ているのか、わからなくなった。横にいたおじさんに足を踏まれたり、後ろから小学生に押されたりしているうちに、なにを見ているのか、だんだんわからなくなってきた。

このガラスケースのなかのものを、ひとつ持ち帰って、じっとながめつづければ、なにか関係が生まれるかもしれない。けれどもこのままでは通り過ぎるだけだ。自分とこれらのものが、ほんとうはどういう関係にあるのか、いつまでもわからないだろう。手に入れたいのではない。所有したいのでもない。ただガラス越しに見るものはどれも、火星と同じように遠い存在で、私はなにを思えばいいのかわからなくなった。

博物館に来ているひとはたいてい元気そうだ。元気がなくては、ものを見に行く気力など湧かないだろう。子どもも老人も、飽くことなくガラスケースに取りついて展示品をながめている。展示品は皆もともとの顔つきを失い、だまって、ながめられるままになっている。夏を生きるもののざわめきのなかに立ち、私は自分の胡瓜のことを思った。消えた糸瓜についても、思っていた。帰ったら、水をやろう。木製の骸骨がちょうど目の前に来た。

夏の青虫

庭の金柑に顔を近づけたら、青虫がとまっていた。緑色の親指。青虫というより、緑の親指が、しっかりと枝を押さえているようだった。おっ、青虫。揚羽蝶の幼虫。昔馴染みに会ったようになつかしく、まじまじとながめた。

子どものときだったらすぐに捕まえるところだが、いまではそんな無分別なふるまいはできない。触れば、人間のにおいや脂が移ってしまうと知っているからだ。ショック。人間に触られちゃった。虫に言葉があれば、そう叫ぶかもしれない。だから、そっと見るだけなのだが、見ていると目のなかに、手触りが湧いてくる。目の先にあるものの触感や温度が、記憶のなかからすっくと立ち上がり、あたりいっぱいにひろがっていく。

青虫の感触は、たしかこんなだった。こんなだったなあ。と、二十一世紀のいそがしい夏の日に、まるでどちらでもいいことのようなのに、しばし記憶の底からよみがえる青虫の感触につつまれてじっとしている。

揚羽蝶の幼虫を飼ったことがある。二匹だった。どこで捕まえたのかは忘れてしまった。二匹だったのを憶えているのは、一匹が羽化したのに、もう一匹は蛹《さなぎ》のまま死んだからだ。羽化したほうは、翅《はね》がのびきると、籠の蓋を開けて放した。わあい。とはいわなかったが、風のない日、蝶は紙切れのようにかるがる飛んでいった。

取り残されたもうひとつの蛹は、生きものであることを忘れたらしく、ことり、とも動かないまま黒ずんでいった。どちらも、青虫のときには、同じように葉をかじっていたのに。そう思うと、片方を空へ、もう片方を土の下へと送り出すのは、なんとも奇妙だった。天と地ほどの、というけれど、それはまさに言葉通りの天と地の差だった。外側からは見えない蛹の時代に、内側で何事かあったのだろう。私の籠にいた二匹の青虫は、そのようにしてそれぞれの場所へ引き取られ、目の前から消えた。

青虫から蝶へ。おたまじゃくしから蛙へ。ヤゴからトンボへ。生きものの変態を考えると、ため息が出る。すがたかたちが、前後であまりにちがいすぎるではないか。とくにトンボなど、水中から空中へ、生活の場をもくるりと変えてしまう。そんなふうに変わって、昔のことは憶えていないとなれば、これは人間の一生の変化どころではない。もし人間が、幼年期は海のなかで育ち、大人になるとき浜辺で皮を脱ぎ、ふらふらと陸へ上がるような生きものだとしたら。そして一度陸へ上がったら、海の生活をきれいさっぱり忘れてしまうような生きものだとしたら。幼少期の体験がひとりの人間の人生にあたえる影響の大きささを考えるとき、もし、それがなかったら、と反対のことも想像したくなる。

過ぎ去った時間を簡単に忘れることができるひとと、いつまでもそれに縛られつづけるひと。どちらが幸せかということではなく、どちらも、それぞれに生存の方法なのだろう。そうだ、それぞれに、と考えると、現在という瞬間につながることの重みが一層はっきりと見えてくる。「また」とか「ふたたび」という言葉は、ときおり悪気もなく現実を薄める。ほんとうは、どんなこともたった一度なのだ。

金柑の枝に見つけた青虫、そのまわりがなぜか明るい。あれ、と思ったが、別にふしぎはなかった。青虫に食べられたところにぽっかりと空間ができて、葉がない分、明るくなっているのだった。そして葉がない分だけ、青虫のすがたは目立ち、見つけられやすくなっていた。これでは鳥に、やられるかもしれない。落葉で触れて移動させようとしたけれど、無駄だった。青虫はかえってその場にしがみつき一ミリも動かなかった。そんなところにいて、鳥に食べられても知らないよ。そう思いつつ、青虫のいる空間の明るさから退いた。

金魚の町

この国には金魚の町がある。二つ、三つ、いやもっとあるのかもしれない。くわしいことは知らないまま、そのひとつへ足をのばすことになった。目的地は他にあったが、金魚の養殖を見るつもりで、私は途中下車した。

その何日前だったか、金魚の町の市役所に電話をした。どこへ行ったら見られるか、あらかじめ訊いておこうと思ったのだ。受付らしき女のひとが出て「いま金魚係にまわします」という。金魚係。おお、金魚係。なんてすてきな、と小躍りする気もちで待つ。五秒、六秒、七秒。それから受話器の向こうに、男のひとのすこし高い声がひびいた。そうですねえ、駅に近いところといえば、市役所の周辺でも、飼ってるところはありますけど。

金魚係なのに、金魚の情報について、なにやら煮え切らない口調。だが、なんといっても、金魚の町の金魚担当者なのだ、このひとに訊くほかあるまい、と私は思い、他にもいくつか見学できそうな地域を教えてもらったのだった。

金魚の町に足を踏み入れ、歩き出す。電柱の一本一本に、金魚をかたどったお菓子の広告がはりついている。いかにも金魚の町らしい。電柱は同じ間隔でならんでいるので、金魚のお菓子の広告も、歩く速さに合わせて一定のリズムで視界に入ってくる。そのたびに、金魚の町なのだな、金魚の町なのだな、と胸のうちで繰り返す。その拍子が心地よい。癖になる。ところが、そんなことはいっていられないと、すぐに気づいた。電柱の広告の金魚は見るけれど、行けども行けども、肝心の生きた金魚に当たらないのはどういうわけか。

そこで、私が金魚の場所を訊ねた町のひとは、ふたり。ひとりは写真屋さん。やっているのかいないのかよくわからない商店街で、その写真屋さんだけ、店頭に人影が見えた。「いやあ、金魚。私、ここの者じゃないんで、ちょっと」。どうやら、他の土地から移ってきたばかりのひとに訊いてしまったらしい。

私が金魚の場所を訊ねたもうひとりは行きずりの中学生。写真屋さんより中学生のほうが、より金魚に近い気がしたのだが。「え、金魚ですか。えー」「市役所の周辺っていわれたんですけど」「あ、市役所ならそこ曲がって右です」。いわれた通り行くと、たしかに市役所はあった。が、養殖している場所はわからない。週末なので、市役所は閉まっていて、頼みの綱の金魚係を訪ねていくこともできない。

こういうときはタクシーだ、と思いついた。駅へもどってタクシーをさがす。それから、金魚係のひとに教えてもらったいくつかの地名をあげてみた。「えー、金魚。うー」。運転手さんの意外な唸り声で、私はやっと気がついたのだ。ここは、金魚の生産地は生産地だけれど、他所から来たひとに見せるようなことは、あまりしていないのかもしれないと。「金魚っていってもね、町んなかでそのへんの池に飼ってるっていうくらいなもんで。池のまわりうろうろしてたら、お客さん、泥棒と間違われるよ」。

金魚泥棒になるつもりはない私を、運転手さんは、金魚の仕分けをしている場所へと運んでくれた。そこなら見せてもらえるはずだという。建物の入口をくぐると、もう魚のにおいがした。プールのような水槽がたくさんあった。いたよ金魚がうじゃうじゃと。水が赤く見えるほど。「作業中の者に話しかけないでください」。責任者のひとからそういわれたので、なるべくひとを避け、金魚ばかりに近づくようにした。金魚は、種類ごとに分けられていた。でめきんなら、でめきんだけ。らんちゅうなら、らんちゅうだけ。りゅうきんなら、りゅうきんだけ。

私は離れたところから見ていた。うっかり足をすべらせて、ということはないのだろうか。十人ほどのひとが作業をしている。そのなかに、しゃがんだまま金魚の仕分けをしているひとがいる。バケツの金魚をつまみ上げ、ちょっと見てはプールへ投げ入れる。見ては投げ、見ては投げしている。早技だった。水から出されるその一瞬、金魚は自分がなにをされているのか、まったくわからないにちがいない。袋に入れられ箱詰めされて、各地へ運ばれる金魚たち。仕分けだけ見て、金魚の町をあとにした。

麻里恵

首都圏一帯の空がうすい雲におおわれたある日。高田馬場駅前で月に一度ひらかれる古本市に立ち寄り、図鑑を買った。一昔前の文学全集の端本《はほん》などを、ぱらぱらとめくっていたら、ピンクやむらさきの函が目に入った。動物図鑑である。同じシリーズのものが、五、六冊ならんでいた。古書店や古本市で、図鑑の類を購入したことは、なかった。

荷物になるからやめよう。そう思いながら、いくつかある店舗をぐるりとひと巡りした後、やっぱり買ってしまった。えらんだのは、そのうちの二冊。タイトルがよかった。

ひとつは『野生から家畜へ』。これは、わからないこともない。そしてもうひとつは『どうやって身を守っているか』（共に編集および発行はパシフィカ）というのである。そのタイトルは兵法を思わせる。私はちょっと、心打たれた。大判の図鑑二冊はかなり重い。重いので、他の本は買えない。まよったけれど、その二冊の入った白いビニール袋をさげて電車に乗った。どうやって身を守っているか。これは、私に、必要だと思った。身にしみて思うところがあったのだ。

幼なじみの麻里恵がイギリスから帰ってきた。

一週間ほど仕事の休みがとれて帰ってきたのだが、日本にいるあいだ彼女がしたことは、お寺に入ることだった。北陸地方にある曹洞宗のお寺に参禅したのだった。

お寺から戻った翌日、会った。

「朝は四時起き、消灯は夜の九時。いろいろと作法があって、食事中は口をきいてはいけないの。でね、七味唐辛子が回ってきたんだけど、なかなか出ないから思いきってふったら、おかゆにどばっと、かかっちゃったの。お坊さんたちは黙ってて、残していいとも何ともいってくれないし、しかたないから我慢して食べちゃった」

「公案みたいなのを与えられてね、お坊さんがこういうの。『牛がいます。建物から、体はぜんぶ出ています。しっぽだけ、出ません。はいっ』どうしたらしっぽが出るか、ってことなんだけど、どう思う? ずっと考えているんだけど、分からないんだ、これが」

「しっぽを、切っちゃったら?」私は提案した。

「切るのは、だめなの」

「建物をぱかっとはずすのは？」

「いまのところわかっているのは、牛が自分だっていうこと。それを、どうするか、なんだけど」

麻里恵はそういってためいきをつきイギリスへもどっていった。麻里恵と向かい合っているとき、持っている図鑑のタイトルが、ふいにきらりと思い浮かんだ。どうやって身を守っているか。その中の「たたかいまたは逃走」という章を開くとこんなことが書いてある。

「捕食動物がうまく、まちぶせていて、えものにおいついたり、おいつめたりしたばあいは、ほとんどの動物は、身をまもるためにたたかいの態勢にうつります。そして、弱そうに見える動物でさえも、攻撃者に反撃します。ジャックウサギは、とつぜん、とまって、コヨーテの感じやすい鼻面をしたたかけりとばしたりします。また、キリンやダチョウやカンガルーは、脚で敵の骨をくだくほどの強さで、ときには相手を殺すほど、けりとばすことができるのです。」

こうした文章が、なぜかまっすぐ、胸のなかに落ちてくるときがある。そういうときは、ただ受け取る。守備も攻撃もない情態。それは可能だろうか。それにしても、さて、どうすれば牛は出るのでしょう。私もわからない。

頭

田んぼのそばを通った。

田んぼは、金と緑のまだら模様をひろげて、遅れた宿題のような夕陽に輝いている。トンボの群れ。雀の群れ。カラスの群れ。さまざまな生きものの群れが空中を移動する。それを、無人駅のベンチにひとり腰掛けながめていると、心がしずまってくる。数えたりはしない。飛んでいくものたち、そのひとつひとつの点々が生きていることを、ただぼんやりと思う。電車は、たまにしか来ない。あ、稲のところにひとがいるな。あっちにも、そっちのほうにも。田んぼのなかに立てば、どんな人も、頭が飛び出してしまう。子どもでも、飛び出す。稲の高さは人間を隠すことができない。

じっと見つめているうちに、おかしなことに気づいた。お米のあいだに立つひとたちがなぜか、全員そろって、こちらを向いている。ひとり残らず。このいそがしい世の中に、そんなことがあるだろうか。きれいな夕陽だから、みなさん仕事の手を休め、ながめているのだろうか。

頭のひとつに目をとめて、どきりとした。案山子《かかし》か。なんだ、案山子だ。美容院に飾ってあるようなマネキンの首だった。目鼻立ちから髪の毛の感じにいたるまでよくできているから、遠くからではすぐに人形の頭だとわからなかった。ああ、そうか、これではカラスどころか、人間でも間違えるな。

それから突然、ころんだように、がっくりとさびしい気もちになった。大雨の日。だれも見ていない真夜中。露がおりる夜明けの時間。案山子の頭はどんなときも、まばたきひとつせず同じほうを向いているにちがいない。それはなにか罰を受けるひと、苦行に臨むひとを想像させる。鳥がとまれば、とまられたまま。虫がとまっても、とまられたまま。案山子たちは、田んぼでは一応、すぐれた番人のはずだけれど、たたずまいが無防備なので、見れば見るほど心細くなる。案山子たちの頭の丸み。その上空に、うすめた牛乳のような雲が、まんべんなくひろがった。

方代さんの名は子どものころから聞いていた。それは母と祖母の会話のなかにときどき現れる名前だった。変わった響きの名前なので、お坊さんかだれかなのかな、と子ども心にふしぎに思った記憶がある。最初方代さんを家につれてきたのは、二十そこそこの学生だった若いころの母だ。祖母は、娘が乞食をつれてきた、と腰を抜かすほどおどろいたという。垢じみてぼろぼろのコートを着たその男性が「先生」と呼ばれるのを聞いて、祖母はますますおどろいたらしい。

山崎方代が歌を詠むひとであるとわかってもわからなくても、それは祖母やそのころまだ健在だった曾祖母にはあまり関係ないことだった。話好きで面白い方代さんがふらりと立ち寄ってくれるのを、家のひとたちはみな愉しみにしていたのだから。春になれば、自分で摘んだ野のセリをもってきてくれたという。ご飯にまぜるとうまい、といって。曾祖母はとくに気が合ったらしい。「方代さんは、お茶よりおちゃけだよ」。そういって、お酒をすすめる。お酒が入ると、繰り返すせりふは「生きているうちに一度でいいから、女のひとの裸を拝みたいもんだ」。

私が生まれるのと入れ替わるように曾祖母は亡くなった。そのうちに母も歌を作らなくなった。私は、自分は方代さんに会ったことはないと思っていた。過ぎ去った過去を共有するひとたちの昔話に出てくる人物、と感じていたのだ。だから、赤ん坊だったころの私が方代さんに頭をなでられた、何度もそういうことがあった、と聞いたときにはおどろいた。当の本人は憶えていなくて、それでも周囲の記憶にはいまもはっきりと残っていることなのだ。夕暮れの田んぼに島のように浮かぶ案山子の頭を見ていたら、そんなことを思い出した。生きているあいだに、いったい、いくつの手が頭の上を通り過ぎていくのだろう。そして私の手は、いくつの頭に触れるのだろう。あの案山子たちの頭をなでるひとはいないだろう。だれの頭も、それぞれの空のなかにある。

植えてみたいと思った

子どものころ、春のたのしみのひとつといえば、つくしを採ってきて食べることだった。つくしは、どこにでも生えているというものではない。たとえば、昼間も薄暗い林にはほとんど生えない。林がはじまろうとする、ちょっと陽のあたるような場所には、他の草木にまじって生える。住宅と住宅のあいだの空き地などにも生えるけれど、これは散歩中の犬のおしっこを浴びている可能性が高いので、パス。となると、採取できるところはおのずとかぎられてくる。私は、農家のひとが持っている土地の一角を、だれにもいわない秘密の場所ときめていた。

常緑樹の生け垣にはすこしうすくなっている場所があり、身をかがめてそこからもぐりこめば、梅の木がてんてんと植わっているだけだった。地面は、毛の長い緑のカーペットを敷きつめたように、スギナでおおわれていた。そして、もちろん、スギナもいっぱいならつくしもいっぱいなのだ。だれにもいわないといっても、ひとり、ふたりの友だちには、こっそり教える。にわかに秘密の仲間入りをさせられた友だちと、ビニール袋をポケットに、出かける。心のなかでひそかに願うのは、途中でだれかに会って、足止めされたりしないようにということ。知っているおとなのひととすれちがうときには、なるべくふつうに、こんにちは。それはもう、背中の羽を隠したり、しっぽを隠したりするような気もちで。

つくしは、いくらでも採れた。みんな採ってしまったと思っても、二、三日してようすを見にいくと、何事もなかったように、ふたたびつくしの大家族が出現しているのだった。つくしは味噌汁の実になった。他に調理法を知らなかった。だから、採ってきても採ってきても、つくしは味噌汁のなかをたよりなげにおよぐばかりだった。「あたまとはかまを、とって」と母にいわれてむしりはじめると、いっぽんのつくしは、みるみるうちに信じられないほど小さくなってしまう。ああ、ここも食べられれば、と惜しむ気もちであたまの山をくずすと、敷いた紙の上に、うぐいすきな粉のような胞子がぱっぱっぱと散った。

次の日、いっしょにつくしを採りにいった友だちはしょんぼり肩を落としていた。「お母さんにおこられちゃった。きたないから、捨てなさいだって」。きたなくなんかないもんね、と心のなかで思いながらも、友だちがかわいそうになり、なにもいえなかった。そしてこのときばかりは、外から持ち帰ったつくしをだまって食べさせてくれる母を、有り難く思うのだった。ふだん母は、私がバッタやとんぼや蛙をつかまえてきても、なにもいわなかった。蜘蛛やムカデも平気だった。

食したことのあるかたはおわかりと思うけれども、つくしは、たいしておいしいものではない。でも、自分で探して採ってきたものを食べるということには、なにやら本能的な無上の歓びがあるのだった。見つける、採る、食べる。見つける、採る、食べる。そしてまた見つける、採る、食べる。これらの動きを繰り返していると、なにもかも天候しだいだった狩猟採集時代のひとびと（あるいは、いまも狩猟採集によって生活しているひとびと）の気もちに、すこし、近づけるかもしれない。

私はじゃがいもを植えようとしたことがある。ひとの畑の隅っこに。小学校で理科の時間にじゃがいもの育て方を習ったのだ。種いもは、まるごとのものを半分に切って使う。四分の一に切ったのでは小さい。養分が足りない。それで、半分なのだ、とこう教わった。切り口にはものを燃やした後の灰をぬる。こうしておくと腐らないのだと教わった。じゃがいもを手に入れるのはとても簡単だった。というのは、二つや三つ、いつでも台所の床にころがっていたからだ。私がいかなる虫を捕ってきてもけしていやがらない母は、そういうことに対してもわりと無頓着なのだった。床の上で、だれからもかまわれないまま、どんどん成長してしまうじゃがいもたち。わ、芽が伸びてるなーと思いながらも、家のだれも手を出さないのだ。そして、なぜだれも手を出さないのかについて話し合われたことも、なかった。

種いもの準備がととのった。私は農家の畑を下見した。その端のほうに、なにも植わっていないらしい場所を見つけたので、スコップといくつかの種いもをはこんだ。黒土を掘りかえす作業は、心楽しいものだった。私はその場にしゃがんでさくさくと掘った。

「こらっ」

畑のむこうの青い瓦屋根の家から、だれか来る。大声をあげながら、走ってくる。農家のおばあさんだった。私は、弾かれるように立ち上がると、背をむけて逃げ出した。が、すぐに、正直にいえばいいじゃないかと思いつき、走るのをやめたのだった。なにも畑の野菜をぬすんだわけではないのだから。柄物の割烹着にぷっくり身をつつんだ農家のおばあさんは青筋をたてて怒っていた。

「なにとったの」

「なにもとってません。じゃがいも、植えてただけです」

おばあさんは、ちょっとおどろいたようだった。だめだよ、ひとの畑に勝手に、と小言がつづいたが、もう怒ってはいないことが声でわかり、私は胸をなで下ろした。ちょっと、待ってなさい、といって、おばあさんは家のほうへ消えた。そしてすぐに小さな植木鉢を抱えてもどってきた。私は、ひとの畑にじゃがいもを植えに行き、苺の苗をおみやげにもらって帰ったのだった。

店

老夫婦のやっている和菓子屋の定休日がなぜ木曜なのか知らない。私はときどきそこに寄る。和菓子屋ならそのそばにもう一軒あるけれど、めったに行かない。行かないというより、行けない。店のおばさんがいつも不機嫌でこわいから。たとえば、買おうとする数がすくないと「それでよろしいですか」と念をおしてたしかめ、ときにため息をつき、面倒そうな、いやそうなそぶりをするので、すっかり恐縮してしまう。はじめは私の勘ちがいだと思いその店も利用していたが、毎回そんなふうであることがわかると足は遠のいた。

老夫婦の和菓子屋にはさまざまな見本も飾ってある。奥行きのない棚に箱入りで陳列されているのは、紅白の餅、おとなの手のひらくらいの大きさはある饅頭、もうひとまわり小さい饅頭。どれもうっすらほこりをかぶっている。なんというか、時代がかったそれらを見るたびに、いったいだれが注文するんだろうと思う。こういったものを、いまどき、とふしぎに思う。だが注文はあるのだろう。あるいはなくても、気にしないのかもしれない。五年、十年、注文はなくてもほこりをかぶっても、動かすつもりはないのかもしれない。

餅や饅頭の見本は店のひとたちの視界からはずれているかのごとくだが、そのかわり、お菓子は季節を忘れずきちんきちんと移り変わる。春はうぐいす餅、夏は水饅頭が、小学生の列のように頭をそろえてならぶ。なかなか動かないものと、次々に動くものがいっしょにあるのだ。それは時計の文字盤のようなものだと思う。このリズムでふたりは年をとってきたのだな、と店の暖簾《のれん》をくぐるときなんとなくわかるのだ。絶望的にひからびた上生菓子がガラスケースの端に放置されていることが何度かあったが、それさえなにか意味があるのか、と思わせる店だ。このあいだはガラスのコップに黄色い立派な花がさしてあった。「本物ですか」ときくと「あ、これ、うん、ほんとの、蘭」。コップには水が入っていた。造花に水をやるひとはいない。それでもきいてしまった。きかなければわるいような場所に、お菓子よりも大事そうに、その花は飾られていたので。「昨日すごい風だったでしょ。鉢出しといたら、ぽきって折れちゃって」。おばあさんはちょっとうれしそうに教えてくれた。

やる気がないとき、おばあさんはおじいさんを呼ぶ。手があいていないのではなく、テレビをみるのにいそがしかったり、動きたくないときだったりするらしい。それはなんとなく伝わってくる。あまり大声なので店先にきこえてくる。「ちょっとー、出てよ、ちょっとー」と、おばあさんは大きな声で呼ぶ。「出てよ」はもちろん、お客さんだから店に出てよ、ということだ。

返事もせずにおじいさんは出てくる。いらっしゃい、もいわずに。私が買おうとする数がすくなくても、おじいさんは表情を動かさない。二つしか買わない客にも十個買う客にも同じ態度で接しなければいけない、とおじいさんは思っているのだ。思っているのがわかるので、なんとなくおかしい。おじいさんは、品物を入れるビニールの袋を節約する。明らかに入らないのは見ればわかるときでも「カバンに入りますかね」ときく。「あ、すみませんけど袋に」と頼む。おじいさんは、ちらっと私のカバンに目を移す。疑っているのだ。ほんとうに入らないんだってば、と思いながら、もうしわけない気もちになる。おじいさんは惜しそうな手つきでそろりと半透明のビニール袋を引っぱり出す。

飾ってある生菓子を見ると、桃、椿、ふきのとう。「来月はなにが出ますか」ときくと、「いってくれれば、いろいろ用意できますけど」と、用心深い答えだ。外へ出ると、道路に子どもの落書きがしてあった。白いチョークで描かれた、ゆがんだ魚の骨みたいな線路。踏んでもかまわないのだろうけれど、気づいたらよけていた。

開花

春。花粉症はないが、植物の模様を避けたくなる。たとえば、画面を隙間なく埋めつくすウィリアム・モリスのデザインや、同じ花、同じ木の実、同じ葉っぱを繰りかえし繋ぎあわせたような連続文様を見ると、息苦しくなってくる。電車に乗っていて、植物模様のひとが近くに来れば、なるべく見ないようにしてしまう。

シャツだけ、バッグだけ、というならまだしも、上から下まで植物模様の場合など、見ているとなぜだか胸を圧迫されるようで、私はそっと視線をそらす。晴れていてもくもっていても同じこと、窓の外にはやなぎや柿の新芽が光っては飛び、光っては飛び、すこしも休まるときがない。新芽たちの光合成と細胞分裂は、暴力的なまでの勢いで景色いっぱいにひろがりつづける。すべてはいつも動いている。移り変わっている。承知している。けれど、それがとりわけはっきりと目に映るこの季節、私はふらふらしながら電車を降りるしかない。

ふらつく足取りで、エスカレーターにのる。まずデパートの御手洗を借りようと思う。六階、七階、八階とのぼっていく。上のほうへ行けばすいているかもしれないと思い、のぼっていく。婦人服、紳士服、食器・家具、書籍・文房具の階を通過し、催事場のある階までいくと、女性用下着のバーゲンをやっているところだった。蛍光灯の照明の下、あふれる色彩に思わずむせんだ。気に入りの品をさがして、女のひとたちは派手な下着の山を熱心にまぜ返す。その手つきを見ていると、花粉にまみれるハナムグリの動きを思い出す。ハナムグリはコガネムシの一種。ハナムグリは花粉を食べる。ハナムグリは楕円形。ハナムグリはおとなしい。捕虫網がなくても簡単につかまえられる、手で。ハナムグリを花が隠す。

たいてい女は赤で男は青、という御手洗の目印を見つけて、歩き出したときだった。歌がきこえてきたのだ。甲高い子どもの声で、マサカリかついだ金太郎、の歌。どこかの児童合唱団が歌ったものか、張りのある、一所懸命な声だった。

なんだろうと思っていると、金太郎はまもなく終わり、つづいて、お馬の親子の歌。下着の山の上空に、金太郎やお馬の親子の歌がたなびく。そぐわない、あまりにも。肋骨のあいだから笑いがこみあげる。餅のように引きのばされる気がして、私はあわててバッグを反対の手に持ちかえる。だが、まわりを見ても、店員のひとさえ気づかないのか、それとも慣れているのだろうか、平気な顔をしている。

おかしいなあと思いながらちがうほうを見ると、かぶとやこいのぼりがならんでいた。どぎつい紫色をした菖蒲の造花。不自然なポーズで静止した金太郎の人形。歌は端午の節句の飾り物を売るコーナーからきこえてくるものだったのだ。私は一瞬ばらばらになり、それからまた元にもどった。春の隙間に生じるひずみは、ある種の風邪薬のように苦い味を残す。

その晩メールボックスを開くと、十代のころをともに過ごした友人からメールがとどいていた。数ヶ月前にその友人からは、母が末期癌で、と聞いていた。メールに書かれていたことは、やはり、病の進行について、またそんな状況を目の前にしてとても信じられず、実感がわかないということについてだった。でも先のことを怖がっていても仕方ないから、いま引き継ぎしているんだ。この服はどうするとか、この保険はいつ満期だとか。なんか変な引き継ぎだよ。私はガラス越しにひとつの花のつぼみを見つめている気もちになった。へし折りたいと思っても、手を出すことはできない。それはけして破れないガラスなのだ。だが、たとえそうでなくても、開花を止めることはだれにもできない。植物の時間は流れ、受け入れるしかない。すべてはいつも動いている。移り変わっている。変な引き継ぎ、という言葉が頭の上を飛びまわり、紙飛行機のようにぱたりと落ちた。

履く

　同じ靴しか履かなくなって、もう五、六年になる。履きつぶしたら、同じメーカーの同じ靴を買うのだ。それは特別なものではなくて、たいていの靴屋に置いてあり、色は黒、ストラップが付いていてヒールは四センチくらい、何の変哲もないデザイン。これを履く理由はただ一つ、私の足に合っているからだ。大足または小足で履くものが見つからない、というわけではない。なのに他の靴を選ぶ気にならないのは、何よりも履きはじめのときに靴ズレを起こさないという、経験から得た絶対の信頼があるからだ。

　下ろした瞬間からすたすたと楽に歩きまわれる靴。それが理想だ。靴売場の店員さんはあれこれと迷う客を前に、「何度か履けば、なじんできますから」というせりふをよく口にするけれど、そんな悠長なことはいっていられない。「なじむまで」のあいだ、足に気を取られるのは面倒だ。それはたとえば歯痛や指先に刺さったトゲと同じように、些細に見えるわりには意識の多くの部分に入りこみ、雑音となる。すべてのリズムが悪いほうへ乱れる。そんなふうなので、この靴が自分の足に合っているとわかったとき、「ああ、これで靴のことを考えなくてすむ」とよろこんだ。

かくして私は同じ靴を履きつづけている。これでなくてはだめなのだ。まわりの女性に説明しても、「ふうん」と訝しがられるばかりである。つまらないよ、同じものしか履かないなんて、と。けれども私は新しく下ろしたときのぴったりした感じを何度でも味わいたい。

靴を見ればそのひとがわかる、ともいうが、本当だろうか。下を向いて歩いているときなど、たまたま視界に飛びこんでくる女物の靴の踵《かかと》がつぶれていたり、ひどく傷んでいたりして、はっとすることがある。思わず目であとを追う。いそがしさや生活の疲れというような言葉では括れないなにかが、ふらりと見えて愕然とする。靴は、足音もきかせないまま、たちまちのうちに雑踏に吸いこまれていく。

ときと場所にもよるが、男性の靴に関してはあまりにも磨きたてられているのは苦手だ。電車などで、ずらりとならんだところを見ていていつも思うのだけれど、黒でも茶でもぴかぴかの革靴は、カブトムシやクワガタムシを想像させる。硬い表皮におおわれた、それだけで独立した生きもののようだ。ぴかぴかの生きものに乗った男性でとくに苦手なのは、お茶や食事をともにしたとき、店の窓ガラスや内装のミラーで、一瞬なりとも自分の顔や髪型をたしかめるようなひと。そういった仕草は相手の目に、思いのほかはっきりと映るものだ。一度目は、「あれ」と思う。なにか見たかな、見えたかなと。短い時間のうちに二度これをしたら、その男性は間違いなくあほだと、私は勝手に思っている。

纏足の靴のコレクションを見せてもらったことがある。幼時から足の指を折り曲げて布できつく縛り、小さい靴を履かせて発育を妨げる纏足《てんそく》。「三寸金蓮」ともいい、理想のサイズはおよそ十センチ。専用の布靴を弓鞋と呼ぶのは、甲が弓形に盛り上がるためという。美しい刺繍がほどこされた布製の靴は、手に載せるとふわりと浮かびそうな、繊細な舟に見えた。歩行が難しくなるほど、女性の足を小さくしたのはなぜなのだろう。窮屈な纏足のむれた匂いを嗅いで愉しむという、現代から見るとちょっと猟奇的な趣味があったからだと、あるひとは教えてくれた。また別のひとは、足を小さくすることで腿の筋肉が発達して、セックスがよくなるからだろうといっていた。いずれにしても、この風習がいきていた時代の男性にとっては、纏足はかわいくてたまらないものだったのだろう。

ここはひとつ自分で試してみるのがいちばんだとは思うけれど、残念もう遅い。のびのび育ってしまった私の足は、歩けるところまで歩くといって、きかない。

橋の名は

児捨《こすて》川橋の改称問題はどうなったのだろう。昨年十一月四日付けの某紙の記事を読んでから、宮城県白石市にあるというその橋のことが、ずっと気になっていた。

簡単にいうと、こういう内容だった。白石川支流にかかる国道4号の児捨川橋は、その名が児童虐待を連想させないとも限らず、イメージがよくない。市民や観光客からもそういう投書が増えている。そこで、市は国土交通省に改称を要望することに決めた。

その名はもともと、ヤマトタケルの皇子が捨てられ、白鳥になったという地元の伝説にちなむものであり、児捨川という川も流れている。古くからの伝説に由来する名に誇りをもつ住民も多い。記事はそうも伝えていた。

私は『播磨国風土記』を思い出した。その中に、生野《いくの》という地名についての記述がある。昔、この地に荒ぶる神がいて、往来するひとの半数を殺した。それによって死野《しにの》と名づけた。後に応神天皇が「これは悪い名である」というので、生野と改めた。

児捨川橋のことを知って私が思い出したのは、この地名起源説話だ。それにしても、と思う。児童虐待が社会的な問題となっているのは確かだ。だがしかし、それと結びつけて古い名を改称するのは、ちょっと短絡的過ぎないだろうか。

それから四ヶ月あまりたった。私は思いきって電話した。白石市役所に。その話がどうなったのか、知りたかった。土地に直接関係のない人間が電話などして、仕事の邪魔かなとは思ったけれど。

「ええ、あれは白鳥橋に変わることになりました」と、電話に出たひとは親切に教えてくれた。「ですけど」と説明はつづいた。「結局どういうことかというと、同じ名まえの橋が二つあるんです」「え。二つあるんですか」「はい。児捨川橋というのが、いまの国道と旧国道の両方にあるんです。旧道の児捨川橋は、そのまま残ります」。それを聞いて、この問題に対する印象がずいぶん変わった。同名の橋がすぐ近くにあったら、たしかに不便だろうと思う。つまり、これは「児捨」という名称のイメージだけの話ではなかったようなのだ。

私は、今度は新聞記事のほうに疑問をもってしまった。「橋の名称は少なくとも、隣の旧国道4号の橋が造られた一九三六年から使われている」という説明は文中にある。だがこれだけでは、二つある児捨川橋のうち一方の名称は残るという実際のすがたは見えてこない。私が聞いたところによれば、片方の名称を残すという案ははじめからあったということだ。

こう書くと、ただ新聞記事にケチをつけているだけと思われるかもしれない。けれど、そういうわけではない。その記事に、なんら嘘はないのだから。どこをとっても本当のことだけ、書かれているのだから。これは面白いな、と思ったのだ。事実をより合わせて話を組み立てるにしても、なにを強調し、なにを書かないかによって、全体の印象はがらりと変わってくる。いうまでもないことだ。が、それを教えられたと思った。世の中はそういうことで成り立っているのだろうとも思った。世の中のみならず、個人と個人のあいだも、また。

だが本当は、どうなのか。隠れていること、見えないこと、淘汰される声、声、声。そういったものは現実の裏側にはりついて、常にどこにでもある。詩の言葉はそれらを掬いあげる網かもしれない。切り落とされた断片を拾っていくことは愉しい。そこでにわかに見えてくるものがあるから。

地蔵

地蔵が出てきた。押し入れの奥から、赤いよだれかけをした地蔵が。古い懐中電灯や、一度も使わないまま古びたもらいもののテーブルクロスといっしょに、ダンボール箱のなかから。あわててひっくり返すと、やっぱり。地蔵の後頭部には、薄く、穴があいている。コイン一枚分の穴。地蔵は貯金箱なのだ。私は思い出した。ああ、これは、と。小学生のころ、どこかへ出かけた記念におみやげ屋で買ったのだ。いま地蔵の貯金箱を見てもなにも感じない。そのようなものを買った動機が、思い出せない。

地蔵を片づけたい。見えないところへ遣《や》りたい。そう思ったが、途端にそのむずかしさに捕まった。そもそも、なにでできているのだろう。指の節を当てて額をたたくと、ご、ご、と鈍い音がする。瀬戸物のようだが、そうでないかもしれない。とにかく、燃えるごみでもなければ、カン・ビンでもなく、紙・布でもないのだから不燃か。不燃だな。試しに判定をくだすが、そんなことはできない、とわかっている。貯金箱とはいえ、相手は地蔵のかたちをしているのだ。ゴミには出せない。それでは、あれはどうだろう、人形供養。以前、人形やぬいぐるみを神社に納めたことがあった。けれど抱き人形やぬいぐるみとちがって、これはどう見ても燃えるものではない。受け入れられない気がして、弱気になる。

そうだ、地蔵は地蔵の場所へ、と私は急に思いついた。家から歩いて五分とかからない辻に、地蔵堂がある。大型冷蔵庫くらいの大きさのお堂に、お地蔵さんがいるのだ。ふたり。そのそばに、ちょっと置かせてもらうのはどうか。コインを入れる穴はあるけれど、それを除けばちゃんとした地蔵だ。布製のよだれかけもしているし、置いても「いたずら」というようなことにはならないのではないか。そう思ってしばらくわが地蔵を見ていたが、やはり勇気は出ないのだった。悪いことではないにしろ、いいことだともいえない気がして。

「うちの前に捨てていくんですよ。ここなら飼ってくれると思って」と知人がいっていた。地蔵ではない。猫だ。都内に住むそのひとの家には、猫が九匹だかいるという。話から推測するに、広い庭のあるお屋敷らしい。その生け垣のあたりに、猫を捨てていくひとがいるのだという。もう何人も。思い出したが、九匹というのは屋内組で、屋外にも何匹かいるといっていた。なにかのはずみで、屋外組から屋内組へ昇格するのもいるらしい。私は声に出さず、心のなかで思う。その家はきっと、猫屋敷とかなんとか呼ばれているんだろうな、と。「いくら猫がすきっていっても、こまっちゃうよね、うちの前に捨てられると。でも、捨てられてたら、それはかわいそうだから飼っちゃうけど」。そんなふうにいっていた知人の言葉を思い出し、地蔵の処置に弱気になった。同じ仲間がいる場所だからって、そこにまぎれこませようなんてだめなのだ。責任もたなければだめなのだ。猫と地蔵では、ちがうようだが、遺棄ということでは同じだ。ますます弱気になり、私はふたたび地蔵をしまいこんだ。

それからしばらくして地蔵堂を通りかかったとき、ちょっと立ちどまり、ひさしぶりになかをのぞいてみた。傍らに咲く満開の桜をながめるふりをして。桜は、染井吉野ではなく彼岸桜。昔からそこに立っている。地蔵は、「児育地蔵」。これも昔からそこにある。だれか、世話をするひとがいるのだろう。きれいに掃除され、花も供えられ、何枚も重なったよだれかけの一番上のは新しい。ここに貯金箱の地蔵を置くのはやはりまずいだろうね、と思いながら、石の地蔵をよく見ると鼻の先が欠けている。そういう地蔵だったな、そういえば、と思い出す。空き地が宅地になり、まわりは変わったのに、お地蔵さんは変わらず前を向いている。

乗る

競馬はやらないが、テレビなどでたまたま中継を目にすると、ふしぎな思いに捕われる。馬の上に人間。動物の上にほかの動物が乗っているのだ。それはとても奇妙でおかしな光景に思える。騎手のひとたちも、馬券を買って賭けているひとたちも、真剣勝負に顔をこわばらせる。緊張と疾走、それを追いかける解説者。こんなふうに真剣に、ほかの生きものの背に乗って、と思いはじめると、なにか滑稽でたまらない。私は、と考える。ほかの生きものに乗ったことは。馬、それから象。馬、象。これだけか。これだけだ。人間を除いて数えると、意外にもたった二種類。ロバとかラクダとか、考えてみたが記憶にない。馬には、いつかどこかの牧場でちょこっと乗ったのであり、象には、昔タイへ行ったとき、やはりちょっとだけ乗ったのだった。

ところが近ごろ、夜ごと私の足の上に乗ってくるものがある。最初の晩、重いなあ、といやいやながら我慢して寝た。朝起きて、おどろいた。すこし前に足の筋をちがえて痛かったのが、治っているではないか。重みが、いい具合に作用したらしい。それから、たいていの夜、乗せたまま寝るようになっている。乗せていると温かいこともわかった。温かいのは私のほうだけでなく、おたがいに温かいのだ。乗ってくるものは、猫。

夜中、私の足にかかる重みが突然すうっと増し、へんだ、と思って揺さぶった。二度三度揺すって反応がないので、もしや、死んだのではないかと跳ね起きて確かめたが、なんのことはない、相手はただ熟睡しているだけだった。とっぷり眠る猫なのだ。無事かどうか気になるとき、私のつま先は猫の脈拍を探すようになった。蒲団をへだてて、それは伝わる。猫の寝息と脈拍をつま先に感じるとき、この生きものに与えられた命の時間が、人間のそれよりもずっと短いことがどういうことなのか、わからなくなる。わからないけれど、いまはいっしょにいるんだなあ、ということがしんしんと胸に迫る。

猫は、家人が連れてきた。そのときどきの事情によって飼い主が変わったらしく、縁あって、やって来た猫だった。それでもとにかく、積極的な気もちで飼いはじめたのではなかった。というのは、猫はとてもすきだが、ペットが死ぬのを見たくないからだ。私は、猫の頭はなでるが、こちらが「猫なで声」を出すようなことはしない。そうすると、相手もわかるようで、なにか自然な感じのつきあいが生まれる。餌をやり、もらう関係であっても、同じ生きものとしての対等な部分が、ちゃんとあるな、この猫と私のあいだには、とわかる。錯覚に過ぎないとしても、そういうものが欲しいのだ。そうでなければ、恥ずかしくて、とても生きものを飼うことなどできない。ペットに服など着せて、すきなようにいじればいじるほど、飼い主の心には穴があいていくと思う。なぜなら、人間の「誇り」を支えているのはじつはほかの生きものの「誇り」だからだ。

猫が夢に出てきて、自分は大納言の姫君だと告げる話が『更級日記』にあるけれど、うちの猫には無論、そんなことは起きない。井坂洋子の詩「ぼたん」(『地に堕ちれば済む』思潮社)を思い出す。

〈いろんな夢をみたが、さいごにみたものだけ覚えている。生家のある町の通りで、私はソバ殻を買って帰ってくる。家には、私が学生だった頃のまだ若い母がいて、ひざの上に、昔飼っていた〝ぼたん〟という名の三毛猫をかかえている。脇腹にチャックがついていて、魚の浮袋のようなその中にソバ殻を詰められるのである。〉

夜ごと足に乗って眠る猫の重みには言葉以上のものがある。それを拒むことができない。

遠ざかる花火

子どものころ、花火といえば鎌倉の花火大会と決まっていた。

十代のはじめまで、わたしは夏休みの大半を鎌倉にある母方の祖母の家ですごしていた。待ちに待った夏休み。学校の終業式から帰ると、いても立ってもいられなかった。着替えだけをリュックにつめて、電車とバスを乗りついで、祖母の家へと向かった。

玄関の古い引き戸をがらがらと開けるのと、おばあちゃん、と声をかけるのはいつも同時だった。その瞬間、よろこびの種が芽をふいた。はい、いらっしゃい。

麦茶を飲みながら、座卓の下をのぞく。するとそこには必ず団扇《うちわ》があった。表には花火の絵。裏にはその年の花火大会の日付が書かれていた。花火の絵は年ごとに変わるので、わたしはたのしみにしていた。団扇は花火大会の宣伝用に作られるものらしく、祖母は毎年どこかでもらってくるのだった。入手先は年によってちがった。たとえば自治会の関係であったり、美容院であったり、酒屋さんであったりした。一定のルートというものがないにもかかわらず、夏になるといつのまにか団扇が舞いこんできた。だから祖母の家には、古いものから新しいものまで、何年分もの花火大会の団扇があったのだ。

ちょっと手伝って。炊きたてのご飯に酢を打つときなど、祖母はわたしを呼んだ。あおいでね。わたしは団扇の束の中から、おみくじでも引くように一本を引き抜く。あおぎはじめてからわかるのだ。これは去年のだとか、ずいぶん昔の団扇だな、とか。

何日も前から心待ちにしていたはずの花火大会。けれど当日は、打ち上げがはじまる時刻までには、すっかりくたくたになっているのだった。というのは、その日は一日中海であそび、そのまま暗くなるのを待つからだった。

夜になり、花火がはじまると、わたしは目をこらして沖合いに打ち上げ船を探した。海面の黒いうねりを見ていると、ついさっきまで自分がそこにいたことが信じられなかった。夜の海は遠い世界だった。どおん。どおん。ぱらぱらぱら、という花火の音は、なんだか動きの遅い巨大な生きもののいびきのようだ。おおぜいの観客にまじって、それを聞いているうちに、わたしはだんだんと眠くなってしまうのだった。

手で持って遊ぶ花火は、どちらかといえば子どものものだ。だが、海や川で行われる花火大会はどうだろう。こちらはむしろ、大人のものといってよいのではないだろうか。そしてもしかしたら、花火を見ることよりも、そのために出かけることのほうに意味があるのではないか。いつからかわたしはそう思うようになった。歳を重ねるにつれ、鎌倉の花火からはなぜだか足が遠のいていった。祖母はいまも元気だし、花火大会は八月がめぐって来るたびに催される。それなのにもう何年も見ていない。その代わり、わたしはさまざまな場所の花火を知るようになった。隅田川の花火。横浜の花火。相模湖の花火。

ある夏のこと。わたしは三つ四つ年上の女の人から誘いを受けた。うちの近くで花火大会があるんだけど、よかったら行かない。浴衣《ゆかた》を着て。親しいといえるほどではなかったが、彼女とは気もちが合うような気がしていた。沼の花火なんだけど。電話の声はそこで遠慮がちに沈んだ。行こう、と思った。

私鉄の駅で待ち合わせると、彼女は先にたって歩き出した。そのうちに車道はなくなり草むらのあいだに砂利道が現れた。見上げると夏の星座がまたたいていた。だれもいないし、ほんとうにこっちでいいのかな。わたしは心細くなった。黒々とした草むらにすだく虫の声が、ここかしこに音の噴水をつくっていた。あ、いま見えた。と彼女は突然いって真っ黒な森を指さした。あ、ほら。今度はわたしにも見えた。高く上がったものはかろうじて見えたが、低いものは音だけだった。あまりにも遠い、見えたり見えなかったりする花火。なぜこんなところで、ふたりだけで。そう思いながらも、もっと見えそうな場所へ行きませんかとは、いえなかった。花火の音をきいてばかりいるうちに、帰りたくなってしまった。

夏草の傍らにぼんやりたたずみ、花火の影をながめながら、彼女はときどき爪を噛んだ。となりにいるわたしのことなど、忘れたように噛んでいた。彼女がつらい恋をしていることを、わたしはそのとき知らなかった。花火が終わると、白い浴衣の後ろすがたを見せて、彼女は蛍のように消えていった。ふたりきりの花火大会。夏がめぐって来るたびに、ひっそりと思い出す。

やわらかな王さま

「ちょっと、ごめん」

ひとりごとのように空中へ向けてつぶやくと、ゆうこさんは着ていたえんじ色のセーターのすそに手をかけて、身じろぎした。う、いまここで、と、どぎまぎする私など、すでにゆうこさんの視界から外れている。ゆうこさんは、すだれでも巻き上げるように、セーターのすそをゆるゆると静かにたくし上げた。

「はい、よしよし、待ってねー」

と、私と向き合ったままのゆうこさんがいう。目の遣り場をなくして、私はカーペットについていた糸くずを凝視した。ゆうこさんは、まだまだ髪のうすい男の子をふわりと膝に抱きかかえ、床に座りこんだ恰好で、授乳をはじめた。明日で満一歳の男の子。友人の授乳を見るのは、はじめてだった。

ゆうこさんは、おかしそうな、気の毒そうなようすをした。とまどっている私にとまどうゆうこさんなのだった。すかすかとした沈黙。それから「これ、見る」といって、私のほうへ片手でぐっと一冊の本を押してくれた。私がしがみつくように見つめていたカーペットの上の糸くずは、あっけなくその本の下敷きになった。

「それね、最近読んでるんだけど」

授乳はまだ終わらない。ときどきちらっと見ると、ゆうこさんの胸にはりつく赤ん坊は、充実してはちきれそうな果物かなにかのようだった。赤ん坊は、おとなしく飲んでいるわけではない。もういらない、といったかと思うと次の瞬間、やっぱりもっと。手足をばたつかせる。ちいさな王さまはどんなに気まぐれでも愛される。

私は、救命ボートのように流れてきた手もとの本をぱらぱらめくった。育児の本だ。生後およそ何ヶ月でこれこれのことができるようになります、というようなことが書いてある。

二ヶ月。音への興味は高まるが、聞きたくない背景の音を無視する能力はまだない。三ヶ月。聞いた言葉と意味を結びつけようとする。五ヶ月。近くと遠くの音の区別ができるようになる。「見る」と「聞く」を両方同時にできるようになる。

「この本だと、うちは言葉がすこし、おそいみたいなんだよねー」

と、やわらかな王さまをからだから離しながら、ゆうこさんはいった。おなかがいっぱいになると、男の子は喃語《なんご》の煙をはきながら、汽車のように床の上を這いはじめた。やがてこの子もまとまりのある日本語を話しはじめ、日本語を母語として生きていくわけだ。そう思ったら、見えない海図が目の前にひろがる気がした。

部屋のあちこちに言葉のつぼみが浮かぶ。あかりがともるようにぽっと浮かんでは、ながれて、消える。この世にまだ一年しか滞在しないひとの声は、かたちを成す前のものでありながらしかも完成品であり、つややかだった。

音を聞くということは、聞きたい音だけに注意を集中させるということ、つまり聞きたくない音は聞かないようにするということだ。あらゆる音は耳からいやおうなく入ってくる。だから選べない、と考えがちだけれど、選んでいる部分もある。耳を澄ませて聞きたい音に意識を向けるとき、それがわかる。

「耳という器官は、母胎にあるときから一番先にはたらき出して、生命が終わるときにも、一番最期まではたらいているんですって」と、あるひとからの手紙にあった。昔は臨終のとき、耳もとでそのひとの名を大声で呼んだり、屋根にのぼって呼んだり、井戸のなかに向かって呼んだりすれば、魂がもどってくると信じられていたようだ。

だが、漢字の「耳」という字は、ただひたすら音を聞くばかりではない。「穀物が雨にあって芽を出すこと」、これもまた「耳」の字義だ。赤ん坊は乳を飲む。乳の雨を飲んだ赤ん坊の耳から芽が出て、ぐんぐんと成長し、それは東京のくもり空をおおい、音の数々をあつめてくる。ゆうこさんの家からの帰り道、そんなことを考えていたら、すっかりハミガキコを買い忘れた。

いそいでめくる

スーパーに入ろうとしたら、つつじの葉ばかりでなんの愛想もない植え込みに平たい物体を見つけてしまった。白くて、四角い。本だった。一度でも雨にあっていれば、よれよれのくしゃくしゃになっているはず。ところが、植え込みの陰に置かれて間もないのだろう、その本はしっかりしていた。ちょっとのあいだ、ここに置かれているだけですよ、という顔をしていた。

だれか、持ち主は、と念のためあたりを見まわしたが、だれもいない。スーパーだから、ひとの出入りはあるけれど、本の持ち主らしい人物はいない。いるのは買い物中の飼い主を待つ犬ばかりで、大型中型小型、とそろっている。いずれも、買い物に行っている飼い主のことで頭のなかはいっぱいらしい。思い思いの恰好で、大型中型小型、みんなおとなしく待っている。私に用のある犬などはいないようだった。植え込みの陰の本に手を伸ばしたが、案の定、犬たちは振りむきもしなかった。

それは『生きる力を育むために』（時事通信社）という本だった。編著者はオウム真理教問題で活躍したジャーナリストの江川紹子で、十五の対談が収められている。こんなところに、どうしてこんな本が。ぱらぱらとめくった。それ、私のです、という持ち主が現れるかわからないので、いそいでめくった。こういうときは、どこかひとつだけ、と思って、建築家・安藤忠雄のページに指をはさんだ。読もうとしたら、腕に蚊が、ふわりと舞い降りた。ぱち、と叩く。蚊の逃げ足は速い。くやしいが、それどころではない。なにしろ時間がない。いつ持ち主が来るかわからないのだから。この本を、いますぐ元の場所へ、と頭では考えるけれど、目は文字を追ってしまう。

安藤忠雄はそのインタビューで、次のような話をしている。はじめてヨーロッパを訪れたとき、西洋の建築がもつ垂直の空間感覚におどろいた。自分の肉体が垂直を知った。本を通して知るのと、肉体が知るのとでは、だいぶちがう。宇宙に対する人間の可能性を感じた、と。「垂直だと感じる」でも「垂直のものに触れる」でもなく、「垂直を知る」なのだな、ここは、と思いながらふらふら二、三行読み返していたら、蚊が、またやって来た。慎重に打つと、今度は当たった。当たったな。しまったな。つぶれた蚊を腕から払い落として、本にもどると、安藤忠雄がこう述べるところだった。

〈けれども肉体が知るのは感覚的なもので、後々に時間が過ぎる中で自分なりに言葉に置き換えられるようになってくるわけです。でも言葉に置き換えられるようになってきたら、人間って終わりなんですね、老境に入っている。〉

私の足もとで寝そべっていた、青いリードにつながれた柴犬が起き上がり、しっぽを振った。犬が舌を出している方向に目をやると、サンダル履きの女性が自動ドアから出てくるところだった。赤っぽい髪の、くたびれた感じのひとだ。飼い主か。飼い主だった。くたびれながら、自分の犬に歓迎されている。その女性と犬が去るのを待って、本を、元の位置にもどした。汚れた緑のつつじの陰に。

「言葉に置き換えられるようになってきたら」というのは、ある意味でその通りだなあと思った。たとえば詩を書こうというとき、言葉の出てくる手前すれすれの時空は濃密だ。ぎっちり詰まっている。これを、早くなんとか、と思う。が、一度言葉に置くと、言葉と言葉のあいだに落ちて、ふたたび上がって来ないなにものかがある。瞬間的に敢えて棄てていることもあれば、うっかり落としてもどらないこともある。

植え込みの本を気にしながら、スーパーに入り、しじみとあさりの前に来た。しじみもあさりも、ときどき、すこしずつ死んでいる。透明なパックを目の高さに持ち上げると、わかる。言葉は感覚の屍体だろうか。言葉は、感覚の元栓でもあるけれど、場合によっては屍体なのだろう。私はしじみもあさりもすきだ。どちらがよりすきか、よくわからない。

狐につままれて

今年の初午《はつうま》は、最寄り駅から電車にゆられて二十分ほどの町にある稲荷神社へ行った。毎年、梅の花が咲きはじめるころになると、沿線各駅のホームに、このおいなりさんの初午の祭礼を知らせるポスターが貼りだされる。それは赤と白だけのいかにも簡素なつくりなので、デパートや旅行代理店のカラフルなポスターのなかにあってむしろ斬新、かえって目立つ。白狐が一匹くるりとしっぽを巻いている。記憶によればもう何年も同じデザインだ。ひょっとすると、この先もずっとそれでいくのかもしれない。あのポスター、いいな、と毎年のように思いながら、思うだけで、足を運んだことはなかった。なぜ私は毎年あのポスターをただ見ているだけなのだろう。なぜだろうと思い、理由もないので電車に乗った。

そのおいなりさんは、白笹稲荷神社という。神奈川県の真ん中あたり、落花生と煙草の町にある。しずかなところだが、初午のときは駅と神社のあいだに臨時バスが出る。日に何度も往復する。わあい、臨時バスだ。と贅沢な気分で座席についたが、ふり返るとお年寄りばかり五人六人、窓のそとは曇り空で、すこし心細くなった。

だがおいなりさんの参道はにぎやかだった。海からはまるで遠い土地なのに、なぜか海のものを商う露店が多かった。山盛りの塩わかめ、山盛りのしらす干し、するめや目刺しやたたみいわしが売られていた。一軒だけ金魚すくいの店が出ていたが、まだまだコートをはおる季節、近づくひとはだれもいない。金魚のほうも、生きていることを忘れたように水の底でじっと動かないものばかりだった。無理があるよね、と思いながら、混雑した参道を進む。やきそば、たこやき、おこのみやき、と来て、ふたたびなぜか、目刺し、いわし、するめ、わかめ、となっていく。

社の手前まで行くと、地面に敷いたむしろの上でひとりの老人がなにかしていた。まわりには三角形のものがいくつも散らばっている。老人の手もとを見ると、三角形のものに細長い草の葉を通して結び、さげられるようにしている。一五〇円。手書きの札が風に吹かれて裏、表、裏、表とひるがえる。たくさんの三角形、それは油あげだった。おいなりさんは、油あげを好むという。それで、お供え用の油あげが売られているのだった。

老人は不機嫌そうな顔つきでつぎつぎと油あげに葉っぱを通していく。ときどき、買うひとがあらわれる。売るほうも買うほうも、ほとんど口をきかない。私は買わない。目で追うと、社の前にお供えのための場所があり、買ったひとはそこに油あげを引っ掛けて、ちょっと手を合わせる。見てはいけないものを見たような気がした。

私は狐をまともに見たことがない。一度冬の北海道で雪原に消えていくところを目にしたが、あまりにも遠くだったので黒い点が移動するようにしか見えなかった。近くにいたひとが、あ、あれ狐ですよ、といって双眼鏡を取り出そうとしたけれど遅かった。黒い点はまたたく間に小さくなり、雪にすいこまれて消えた。雪原を行く狐は油あげとはあまり関係なさそうだった。

その後しばらくして、蔵原伸二郎の狐の詩を知ったとき、私は雪原で見失った狐がひょっこり出てきたような気がした。詩集『定本岩魚』におさめられた狐の詩は全部で六編、なかでも私はこの詩がすきだ。

「めぎつね」

野狐の背中に

雪がふると
狐は青いかげになるのだ
吹雪の夜を
山から一直線に
走ってくる　その影
凍る村々の垣根をめぐり
みかん色した人々の夢のまわりを廻って
青いかげは　いつの間にか
鶏小屋の前に坐っている

二月の夜あけ前
とき色にひかる雪あかりの中を
山に帰ってゆく雌狐
狐は　みごもっている

「鶏小屋の前に坐っている」と「二月の夜あけ前」とのあいだに置かれた空白、これはたった一行の空白だがブラックホールのように重力が強くて、なにもかも飲みこんでしまう。音さえも飲みこむような空白だ。狐は鶏を捕ったのだろうか。捕ったのだろう、たぶん。「みごもっている」というのだから、栄養が必要だ。「山に帰ってゆく雌狐」の口には、おとなしくなった鶏がくわえられているのだろう。

この詩から聞こえてくるのはときおり木の枝から落ちる雪の音ばかりだ。鶏の鳴き声も羽ばたきすらも聞こえない。雪の上にしたたる血も、そこらに散らばる羽も見えない。無音の狩りはおそろしい。この一編の詩を隅々までおぼえることはなくても、すっかり忘れてしまっても、一行の空白がもつ重みはいつまでも心にとどまる。この詩について思い出そうとするとき、ひとつひとつの言葉の運びよりも先に静寂が押しよせる。無音の狩りはおそろしい。だが、だまって捕られるままなんて、そんな鶏がいるものか。私はあせって鶏の動きをしつこく追跡する。けれどもしずまりかえった銀世界には、羽の一枚も落ちてはいない。

おいなりさんの拝殿の前には行列ができていた。賽銭箱の上の鈴はぜんぶで四つ、つまり一度に四人ずつお詣りできるようになっているのだった。願い事などなにもないが、ふらりと列の最後についた。郵便局の窓口にならぶときとたいして変わらない気分だったので、あまり縁がないのだろうと思いながらも、押されて前へ前へとつめるうちに、進んでいく。つめれば進むのがひとの列だが、一度ならぶとなかなか抜けられないのもひとの列だ。

そのうちにひとりの男性が脇のほうからすっと近づいてきて、私の三人ほど前のところに合流した。割り込みというわけではなかった。「民俗学の調査をしているものですが、アンケートをお願いできませんでしょうか」と、眼鏡をかけた初老の男性に訊ねるのが聞こえた。「今日はどちらから」という質問までは聞こえたが、そこから先はわからなかった。

私も訊かれるのかな。それにしてもどんなことを、と隠れたいような気もちでどきどきしながら待っていたら、訊かれなかった。そのひとはせわしなく列を離れてどこかへ行ってしまった。あれ、いいの、と拍子抜け、けれどもどって来なかった。そうなると今度は訊かれてみたくなる。

民俗学の調査の対象になるくらいだから、ここの初午にはなにか特徴があるのかもしれない。もしかしたら、草の葉を通した三角形の油あげがそうなのかもしれない。わからない。ふたたび参道を、わかめ、するめ、いわし、目刺し、とたどって臨時バスに乗りこむと帰りはずいぶん混んでいた。雨降り寸前だった。窓のそとには雨雲がたれこめ、空は往きよりも一段と低くなっていた。

銭湯

お湯のない銭湯を見た。

昔の建築物をいくつも移築し、保存している公園のような場所が、東京都内にある。小間物屋、荒物屋、酒屋、居酒屋、床屋、文房具屋。実際に使われていたときには、いずれもそれぞれの町のそれぞれの通りに根付いていたものなのだ。だから、それらの建物をならべて新しく作られた通りには、切り取られ、継ぎはぎにされた感じが濃厚にただよう。

その一隅に、銭湯はあった。出入口には赤い文字で大きく「湯」と書かれた暖簾《のれん》。木製の下駄箱の扉には、上から順番に黒いペンキで数字が打ってあった。それは墨書きのような漢数字だった。数字はところどころ色がはげて、見えにくくなっていた。

そこまで憶えているのに、中へ入るときに靴を脱いだかどうか、忘れてしまった。靴を脱いで下駄箱にしまったような気もするし、わざわざ見学者用のスリッパに履き替えたような気もする。けれど、他の建物に入ったときのことを考えてみると、やっぱり靴を履いたままだったような気もする。

番台にはだれもいない。

服を着たままなかへ入る。

男湯女湯、もちろんどちらも見られるようになっているわけだが、あまりに簡単に男湯へ入れてしまうので、一瞬、虚しくなった。さびしくもなった。この銭湯が銭湯として生きた時間はすべて排水口から流れ去ってしまったんだよ、と思った。正面の壁には、山の絵。それは富士山ではなく、ハイキングに向いていそうなあまり険しくない緑色の山だった。

洗い場のところのタイルを見て、なにか急に元気が出てきた。そこには昔話の絵が描かれていたのだ。桃太郎や猿蟹合戦などもあったと思う。私は舌切り雀が気に入った。

おみやげにもらったつづらを背負って帰途に就くおじいさんを、雀が見送るところ。ここは竹林なのだ。無数の竹の葉が触れあい、さやさやと鳴っている。おじいさんが歩くと足もとで乾いた音がする。竹の葉はなかなか腐らない。いくらでも降りつもる。地面は象牙色に乾燥した竹の葉でおおわれる。そうだ、だからあんなにやわらかいのだ、竹林は。と、いくらでも夢想のひろがるペンキ絵だ。

涸《か》れた銭湯というのはふしぎなものだ。お湯のない湯船につかると、胸の中までがらんどうになる。ここに繰り返し裸の人たちが入ってあたたまったとは信じられない。規則正しく埋めこまれた四角いタイルは、ひびが入っていたり、さびや汚れのようなもので変色したりしていた。見学の人は他にもぱらぱらといたが、湯船の縁をまたいでなかに入ってきても、なぜだか、みんな数分もしないうちに出ていくのだった。熱くもないのに。

私はしばらく湯船の底にしゃがんでいた。そこから、服を身につけたままの男女が古めかしいシャワーやカランを調べたり、くもらない鏡に顔を映したりするのをながめていた。

天井がとても高い。

天井に近いところはぐるりと窓になっていて、そのいくつかは開いている。ぼんやり見ていると、突然、雀が飛びこんできた。あ、と思った次の瞬間、雀は虫を捕らえ、なにごともなかったように反対側の窓から出ていった。銭湯の天井はまた静かになった。

「おみやげは、大きなつづらと小さなつづら、どちらになさいますか」

雀のお宿を訪れたおじいさんが帰り際に受ける質問。

なぜかそれが頭のなかにぽっかりと浮かんで消えた。

II

子どもはどうすれば

大学生になったばかりの年、私はある児童文学の集まりに顔を出していた。詩だけでなく、そのころ私は童話も書いていた。いちばんすきだった童話作家は安房直子で、なかでも「きつねの窓」という作品は何度読み返したかわからない。ひとりの猟師が、ある日、森で道に迷い、きつねのやっている染物屋を見つける。青く染めてもらった両手の指を窓枠のようにしてのぞくと、子どものころ住んでいた家や亡くなった母のすがたが見える。「きつねの窓」はそんなふうな物語だった。

その児童文学の集まりに、学生はなぜか私ひとりだった。保母、教師、元教師、主婦、著書のあるひと、作品は書かないが読むのがすきというひと、いろいろだった。主宰者は中年の男性だったが、あとの十数人はいずれも女性だった。男ひとり、女十数人、月に一度、都内のきまった喫茶店に集まって、児童文学を語る。いま考えるとなにやらおかしい。なにかおかしい。いったいなにがおかしいのだろう。

それじゃ、来月はトールモー・ハウゲンの『夜の鳥』（山口卓文訳・河出書房新社）で、いいですか。あるとき、中心になっている男性の提案で、次の月までに読んでくる本が『夜の鳥』にきまった。トールモー・ハウゲン。ノルウェーのひと。知らないなあ。だれだっけ。毎回、道徳的教訓的作品に道徳的教訓的議論。なにかちがうよ、と私は思い、まだ半年だけれど集まりに参加するのはこれでやめよう、来月で、と考えた。その帰り、引き気味の気もちで書店に入ったがそういうときに限って数多くの本が手を振って待っているのだった。

『夜の鳥』には、鬱屈した気分がながれている。少年ヨアキムが沈みがちなのは、いつも父の具合を気にしているからだ。作中に鬱という言葉はないが、ヨアキムの父はどうも鬱らしい。父は念願かなって教師になったものの、まもなく学校へ行けなくなってしまう。行かなければと思うが、行けない。母が外に出て働き、父は家にいる。が、なにもいわずに突然すがたを消してしまうこともある。

「どうして、きのうはいなくなったの？」「さびしさから逃げようとしたんだよ」「どうして、そんなにさびしかったの？」「何ひとつ、ちゃんとできないからさ」。これだけ読むといったいどちらが親なのかわからない。やることなすこと、みんな間違ってしまう、と息子にその苦しみを訴える父。そういうとき、子どもはいったいどうすればいいのだろう。

〈「パパが学校の先生になったのも、まちがってるの？」パパは力なくうなずいた。「そうかな。そうかもしれない。パパは生徒がこわいんだよ、わかるかい？」〉

夜になると、洋服箪笥のなかで鳥が騒ぐ。ヨアキムはそんな気がしてしかたない。眠るとき、洋服箪笥に鍵をかける。それが習慣になる。が、鳥たちはおとなしくしていない。なにかあると音をたてて騒ぎ出す。不安と鬱屈が目の赤い鳥のかたちをしてヨアキムにせまってくる。心の内側にあるはずのものが、いつしか外側へ、洋服箪笥の奥へと移動し、ヨアキムを脅かす。親から子どもへ、子どもから親へ、苦悩がめぐっていくその構図は非常に精確だ。今度復刊された『夜の鳥』を前に、やはりこれは、読者を子どもに限定してしまっては惜しい、と思った。

頼りない親をリアルに書いているところが、児童文学としてはちょっとめずらしいんですよね。次の月、例のごとく開かれた集まりで、主宰者の男性はたしかそんなことをいった。紅茶しか飲まないひとだった。『夜の鳥』を取り上げてからしばらくすると、その児童文学の集まりは崩壊し消滅した。参加している女性たちのもとへ、主宰者の男性から次々とへんてこりんな恋文が届きはじめたのだ。そして、そういうことやめてよ、となったのだった。

ルーシー

イヴ・コパン『ルーシーの膝』（馬場悠男、奈良貴史訳・紀伊國屋書店）を読んだ。

そのタイトルは、たとえば山田詠美の小説「ジェシーの背骨」を思い起こさせる。が、こちらは人類学の本。著者はフランスの人類学者。ルーシーというのは、一九七〇年代にエチオピアで発見された、最古の完全に近い前人類（猿人）の骨格につけられた名だ。ルーシーは三百万年前に生きていた女性で、身長は一メートルくらい、年齢は二十歳前後、それでも当時としてはかなり老齢らしい。その膝の骨のかたちから、直立二足歩行をしていたことや、樹上生活と地上生活の両方を営んでいたことなどがわかるという。

著者コパンは想像する。ルーシーはある日、川の深みにはまって溺死したのだと。おそらく、化石の見つかった場所の地質から、そこが水辺だったと推測できるのだろう。ルーシーという存在にとって、それは決定的な「ある日」だった。もう仲間のぬくもりにふれることはできないし、歩きまわることもできない。おいしい食べ物を口にすることもできない。お気の毒でした。

そう思いたいけれど、なんといっても三百万年前。かなり昔だ。実感が湧いてこない。その時間の隔たりを、私はうまく把握できない。ただ、ひとつの存在に一度の死、という意味では、はるか昔も現代もそう変わりはないと思うばかりだ。ルーシーが溺死したその日も、私の生きている今日と同じように太陽はのぼり、そして沈んだ。それがたまらなくふしぎだ。

ルーシーは現代の人間のようには話せなかったという。なぜかといえば、下降した喉頭、深い口蓋、突出した頤《おとがい》、言語に関連する大脳皮質の発達など、言葉を話すのに必要な条件がまだ整っていなかったからだ。それでも、コミュニケーションは成り立つ。ルーシーと仲間たちは、叫び声、声の抑揚と変調、合図や身ぶりなどによって意思を伝え合っていたと考えられている。

ふと、トーキング・ドラムという太鼓のことを思い出す。これはアフリカのある地域でいまも使われている太鼓だが、音の数や調子によって意味が決まっているそうだ。トーキング・ドラムの音は鬱蒼とした植物の壁に吸いこまれ、弱められながらも鳴り響き、かなり遠くまで届く。メールや携帯電話など、多様な通信手段に囲まれて暮らしていると、トーキング・ドラムのような方法はとてもシンプルで新鮮なものに思える。

もっと簡単な手段もある。たとえば、無人島に置き去りになったとき。どのようにして、沖合いの船に助けを求めるか。のろしを上げる。鏡で太陽の光を反射させる。いずれも、ここにいますよ、というしるし。合図とは結局、存在を知らせることにほかならない。メールや携帯が一般に普及しはじめたころに強く感じたのは、世の中には頻繁に連絡し合うことを望む人と、そうでない人がいるということだった。後者はかならずしも人間嫌いとは限らない。電話は苦手だけれど、メールならいいという人もいるし、その逆の場合もある。メールも携帯も嫌いだが、直接会うのは構わないという人もいる。いろいろだ。私はといえば、一番すきなのは郵便。だがそうとばかりもいっていられず、メールや携帯も使う日々。

ルーシーは文字どころか、話し言葉さえも知らなかった。けれど、その小柄な身体からは仲間たちへの思いがあふれていたはずだ。おどろいて跳び上がることもあっただろう。つまずいてころぶこともあっただろう。

ルーシーの骨格はとてもかわいい。

よそおう

先ごろ刊行された木田元編『太宰治　滑稽小説集』（みすず書房）には、「服装に就いて」が収められている。巻末の編集付記をひょいとめくれば、初出は「文藝春秋」一九四一年二月。太平洋戦争に突入するその年、「服装に就いて」と題して太宰治が書いた文章は、みしみしときしむようにせつない。それでいて、なんともいえないおかしさが、夜の海岸線を縁取るあかりのように、しずかな点滅を繰り返す。

「自分の衣服を買ふ事に於いては、極端に吝嗇」な「私」が外出するとき、着るものはきまっている。「久留米絣の単衣」か「銘仙の絣《かすり》の単衣」。この二枚をかわるがわるに着て、出かける。銘仙の絣の単衣は「家内の亡父の遺品」である。

〈この着物を着て、遊びに出掛けると、不思議に必ず雨が降るのである。亡父の戒めかも知れない。洪水にさへ見舞はれた。一度は、南伊豆。もう一度は、富士吉田で、私は大水に遭ひ多少の難儀をした。南伊豆は七月上旬の事で、私の泊つてゐた小さい温泉宿は、濁流に呑まれ、もう少しのところで、押し流されるところであつた。〉

着物と雨のジンクスにさしかかったあたりで、字を追う私の内側は急に、変形した。その変形に、空き缶を踏みつぶすときのようなぱきぱきとした明確さはない。夏の戸外に放置されたチョコレートがぐんなりやわらかくなっていくのを、呆然とながめるのに近かった。いるよいるよ、こういうひと、と思った。私は雨男が苦手だ。だいじなときに、きまって雨を降らせるからだ。というのではもちろんなく、自分は雨男でさ、というふうなことを、いわれるのが苦手なのだ。二度くらいまでなら聞き流せるがそれ以上はだめだ。心のなかで、むっとしてしまう。なぜだろうと考えてみて、返す言葉がないからだ、おそらくは、と思い至る。だがこんな不機嫌を他人に向けるのは野暮で不遜、私は顔に出さないよう気をつける。すると、ときに相手はなにも気づかず、とどめを刺す。「あなた、晴れ女だね」。

いや、けれども、そんなことではなくて、これは小説なのだ。小説だから「銘仙の絣の単衣を着れば雨」というのが「私」の思いこみであろうと、話のなかでは実際そうなのであろうと、どちらでもいいのだ。たとえ「私」に、そんな思いこみなどほんとうはなくて、面白おかしくホラ話をしているだけなのであっても、それでいいのだ。

雨をよぶ着物についてはさておき、小説の「私」はなるべくなら普通の服装をしていたいと願う。そして、それにはセル（毛織物）の着物が必要だ、と考える。

〈いいセルが、どうしても一枚ほしいのである。実は一枚、あることはあるのだが、これは私が高等学校の、おしやれな時代に、こつそり買ひ入れたもので薄赤い縞が縦横に交錯されてゐて、おしやれの迷ひの夢から醒めてみると、これは、どうしたつて、男子の着るものではなかつた。〉

「こんな派手ともなんとも形容の出来ない着物を着て」という言葉に、私は一枚のワンピースを思い出した。箪笥にねむったままのそのワンピースはオフタートルでノースリーブ、色は暗めの赤、ところどころに黒と灰色でネコヤナギの枝が刺繍されている。知人の祝い事の席によばれたとき、あわてて買ったのだが、とても気にいっていた。私は、服を心から気にいったことはこれまでの人生で五回くらいしかない。せっかく買ったのだし、気にいっているのだから、活用しなくては、と何度か袖を通したけれど、周囲からは不評だった。母からは「女郎みたい」と嫌悪され、親しい友人からは「その色は」と、遠慮がちに指摘される始末だった。色は、いい色なのだ。私に似合わないだけの話で。見ているだけでもたのしいので、着なくても、そのうち壁の飾りになるだろう。

ともだちの絵本

世の中高年男性がいかに孤独であるか指摘する声を、なにかで聞いたか文章で読んだかしたことがある。女性はまだいい、ちょっとしたおしゃべりのできる相手を見つけたり、つきあいをひろげたりすることが、まあ、男性よりはうまい、という一般論なのだ。じつのところはどうだろう。わからない。それはそうとして、私はあるとき「友達」という言葉は子どものためのものではないかと気がついておどろき、あわて、がっかりした。おとなになってからの友達はたいてい、「友達」というより「友人」と呼ぶほうがぴったりくる。なぜだ。友達は、野原や土の上をいっしょに歩いている感じ、友人は、エレベーターの昇降をともにしている感じ、といったら、首をかしげられるだろうか。

ひらがなだけで「ともだち」と書かれれば、なおさら恥ずかしい。こそばゆい。うさんくさい。が、『ともだち』（玉川大学出版部）は子ども向けの絵本だから、それでいやがられるということはないだろう。谷川俊太郎の文、和田誠の絵による絵本といったら、その雰囲気をなんとなく想像できるひとも多いのではないだろうか。

絵本なので言葉はすくない。見開きの片方のページに一、二行というところだ。この本をひらいたとき、最初に目に飛びこんでくる言葉は「ともだちって　かぜがうつっても　へいきだっていってくれるひと」。ずり落ちたマスクを片耳にぶらさげて、鼻水をたらした少年がページのまんなかに突っ立っている。インフルエンザの流行で、いくつかの小学校が学校閉鎖になったという最近のニュースを思い出しながら、「かぜがうつっても　へいき」というのは微妙だな、などとつい考えるへそまがりな私など、この絵本の読者にふさわしくないかもしれない。

が、へりくつ屋だな、われながら、と思いながらページをながめているとき、自分は明らかにこの絵本であそんでいる。そのことがわかる。わかるともっとあそびたくなる。あそべば、内側へ内側へと入っていく。絵本とはそういうものだろう。

「ともだちって　みんなが　いっちゃったあとも　まっててくれるひと」

「ともだちって　そばにいないときにも　いま　どうしてるかなって　おもいだすひと」

というあたりは、おとなが読んでもこれといった発見はないと思う。ともだちか、うん、まあそういうものだな、と思うくらいだ。だが、子どもはここを読んで、「ああ、そうだな、ほんとだ」と、日常での実感を心のなかであらためて体験しなおすかもしれない。心のなかに抱えている、いまだ言葉に置きかえられたことのない体験や感情。それをぴたりと表されたとき、ぎょっとする。もやもやしたままだったものをくっきりと体験し直す。それは、ときとして残酷なほどあざやかに歓びや哀しみをもたらす。

「ことばが　つうじなくても　ともだちは　ともだち」

「としが　ちがってても　ともだちは　ともだち」

ともだちはともだち、といくらこちらで思っていても、相手はそう思っていないことがある。思い出すのは中学生のころの出来事だ。ある日、教室で担任の先生が紙を配った。「いま自分にとって一番親しいと思っている友達の名前を三人、書いて提出してください」という。そんな調査なんていやだなと思いながらも、書いて出した。のちに、なにかの面接のときになって、私が三人のうちに挙げたひとりは私の名前を書いてくれなかったと知った。先生が用紙をそろえたとき、偶然にも見えてしまったのだ。いま考えると、その程度のことで悩んでいたなんて笑えるが、ほとんど家と学校くらいしか行き場のないその年ごろの者にとって、これは切実な問題だったのだ。相手はそんなこと、憶えているはずもない。

すきではなくても胸を噛む

ドイツの作家、ジークフリート・レンツによるこの小説をどう受けとめたらよいのかわからない。もしこの小説をすきかどうか問われたら、残念ながら、すきになれない、と答えるしかない。そして、これからも私は『アルネの遺品』（松永美穂訳・新潮社）をすきにはなれないだろう。だが、それはこの小説がよくないとか、つまらないということではない。そうではなく、簡単にいえば、私は一読者として、救いようのないかたちで閉じられるアルネの人生をなかなか受け入れることができない気もちなのだ。受け入れることができない、あるいはできる、というような感情や判断を読者の心に発生させる時点で、その小説の言葉は力をもっているといえる。だから、この小説をすきになれないのは、つまらないからではなくむしろその逆、リアリティのもつ痛みともいうべきものが心を直撃し、いつまでも生々しい印象を残すからだ。

小説の舞台は北ドイツの港町ハンブルク。父親が一家心中を図り、たったひとり生き残った十二歳の少年アルネは、父親の友人であり、船乗り仲間でもあった人物のもとに引き取られることになる。その家には、両親のほかに三人の子どもたちがいる。十七歳のハンス、弟のラース、なかでも十四歳になるヴィープケは、どこか亡くなった姉を思い出させるところがあるのか、アルネの心を引きつける。

ハンスはいつもアルネの味方だ。同じ部屋で暮らし、語り合い、アルネがすこしでも早く新しい生活になじめるよう気を配る。だが、ほかの子どもたち、ラースやヴィープケはちがう。ふたりの反応と態度には斑《むら》がある。両親の前ではやさしく振るまっても、学校やほかの友だちを交えた場では、冷淡で素っ気ない。おまえは仲間ではない、ということを、何度となく見せつける。アルネは傷つきながらも、なんとか仲間として認められたくて、さまざまに心を砕く。孤独な警備員のカルックは、そんなアルネにすこしだけ心をひらく。ところが、まったく思いもかけないやり方で、アルネはカルックを裏切ってしまうことになる。カルックばかりでなく、自分を引き取ってくれたハンスの父親までも。

リアリティの痛み、と先にいったけれど、その一端はラースやヴィープケの人物像からくるのだと思う。面と向かって邪魔だといい、アルネをのけ者にしていたラース。そのラースが、死を選んだ少年の遺品を整理しているハンスのところへきて「泣きたくなるよな、そうじゃないか？」「おれたちみんなにとって辛いことだよな？」と、いまさらのようにいう。ヴィープケもまた同様だ。「わたしたちがどれほどたびたび彼を仲間に入れようとしたか、兄さんは知らないのよ。でも彼は違っていた。彼とでは話にならない、みんなそういう意見だったのよ」「兄さんは信じないだろうけど、わたしはアルネが好きだったわ。最後のころはどんどん好きになっていったし、アルネにも明るく振る舞ったりはしゃいだりすることができるんだって気がついたわ。彼と一緒にいるのはほんとに楽しかった」。

つまり、そのときはそう思ったけれどいまは、という変化を無邪気に、なんの悪気もなく差し出してしまえる人物としてラースとヴィープケは描かれている。が、それはこのふたりに特有のことではなく、だれにもあてはまることだろう。自分の抱いた悪意ほど、忘れやすいものはないのだから。それはまるで、炭酸水の気が抜けるときのように、あっさりと記憶から抜けていく。ラースとヴィープケ、このふたりには、ぞっとするようなリアリティがある。登場人物の印象は、読後、時間がたてばしだいに薄れていくのがふつうだ。が、この小説がもたらしたのはそれと反対の体験だった。小説を読むとはこういうことかと改めて考えた。たとえすきになれなくても、胸を噛んで離れない小説というものがあるのだ。

地獄谷の石

机の上にはいつもいくつかの石がころがっている。色かたちはさまざまだが、手のひらに収まるくらいの大きさのものが多い。これを凶器に、日ごろ憎んでいるだれかの頭をかち割ろうというのではない。『楢山節考』のおりん婆さんのように、石に齧りついて自分の歯をぼろぼろにしてしまおうというのでもない。これらは私の読書の友、文鎮なのだ。

文鎮にならないほど小さいのも、ひとつある。ものの配置が変わるたび、メモ用紙の下へ入りこんだり、ペンや鉛筆のあいだにまぎれこんだりと動きまわるが、なくならない。将棋の駒のようなかたちをしたねずみ色のその石を私は「地獄谷」で拾った。

東京都奥多摩に日原鍾乳洞はある。「日原」と書いて「にっぱら」と読む。多摩川の支流である日原川の北岸にできた鍾乳洞で、なかを歩いてまわることができる。入場料をとって内部をみせる鍾乳洞に共通するのは、石灰岩と水の織りなす奇観のひとつひとつ、奇岩のひとつひとつに、タイトルがつけられていることだ。「地獄谷」というのも、そうした鍾乳洞の地形にあたえられた名だ。

その日、日原鍾乳洞を見るために出かけたわけではなかった。残暑だった。蝉の声にしつこく炙《あぶ》られ、九月の空はたわんでいた。目がわるいのでそう見えただけかもしれない。私は大学生だった。友人の車に乗って奥多摩のほうへ向かったが、無目的だった。東京にもこんなに緑が、と思うほど、山々に樹は生い繁り、断崖を根でかためていた。地図に、日原鍾乳洞という文字を見つけても、気にしないようにした。気にしないようにしたというのは気になるからで、気になるのは鍾乳洞そのものではなく、日原鍾乳洞の出てくるある詩なのだった。一九八五年秋、悪性腫瘍のため三十歳で亡くなった氷見敦子のその詩の題は〈日原鍾乳洞の「地獄谷」へ降りていく〉という。

「鍾乳洞、行ってみない？」

「うん、いいけど」

「この鍾乳洞が出てくる詩を前に読んだことがあるんだけど」

「ふうん、そお」

と、詩に興味のない友人はハンドルを握ったまま、うわのそらで返事した。鍾乳洞に着くと、これがあの、という感慨と、はじめての場所なのにそうは思えない懐かしさとが、縦糸横糸のようにすばやく動いて、目の前になにか織り出した。

入場料は詩に書かれているよりも上がっていた。入場料を払い、半券をもらうと、受付の女性は「お足もと、気をつけてください」といった。私は詩の言葉をたどることになったのだった。

〈「三途の川」を渡って「地獄谷」に降りる／地の底の深い所に立つわたしを見降ろしている井上さんの顔が／見知らぬ男のようになり／鍾乳石の間にはさまっている／ここが／わたしにとって最終的な場所なのだ／という記憶が／静かに脳の底に横たわっている／今では記憶は黒々とした冷えた岩のようだ／見上げるもの／すべてが／はるかかなたである〉

〈九月、大阪にある「健康再生会館」の門をくぐる／ひた隠しにされていた病名が明らかにされる／再発と転移、たぶんそんなところだ／整体指圧とミルク断食療法を試みるが／体質に合わず急激に容体が悪化する／夜、周期的に胃が激しく傷み／眠ることができない／繰り返し胃液と血を吐く、吐きながら／便をたれ流す／翌日、新幹線で東京へもどる〉

現代のさまざまな詩を集めたアンソロジー『詩のレッスン』（小学館）のなかで、はじめて氷見敦子の詩に接した私は、その後『氷見敦子全集』（思潮社）を古書店で買いもとめ、読んでいった。いまも〈日原鍾乳洞の「地獄谷」へ降りていく〉だけは、忘れることができない。川端康成のいう「末期の眼」がここにもある。その眼に見据えられると私は冬の蛙のように動かなくなる。地獄谷の石はいつも手を伸ばせばとどくところにある。

孔雀の羽の目がみてる

フラナリー・オコナーの小説を読んでいると、途中でどきどきしてくる。

読みはじめに寝そべっていても、途中でからだを起こし、机に向かい、気がつくとページに首を突っこむようにして読んでいる。いつのまにか全身の血のめぐりはよくなり、足の小指の先まであたたかくなっている。読書などではなく、なにか他のことをした後のようなのだ。そしてなぜか、こまったような恥ずかしいような感触が首筋にまとわりつき、心のなかで点々と染みになる。いまのはなんだったのだろう、そう思い、もう一度はじめから読み返したくなる。フラナリー・オコナーは二十世紀半ば、故郷のアメリカ南部を中心に活動した作家だ。二十代で難病（父親と同じ病）にかかると、療養を余儀なくされ、農場に暮らして小説を書き、三十九歳でなくなる。

世に数ある小説を考えてみると、登場人物が互いに頭をなであうようなものがあるかと思えば、手をとりじっと見つめあっているようなものもある。ひたすら走っているようなものもあれば、泳いでいるようなのもある。それでいくと、フラナリー・オコナーの小説に出てくる登場人物たちは、まるでボクシングをしているようなのだ。

『フラナリー・オコナー全短篇』上・下（横山貞子訳・筑摩書房）をいくら読んでも、ボクシングの話などは出てこない。でも、その登場人物たちのいがみあいとやりとりは、相手がノックアウトされるまでつづく死闘のように見える。相手への応酬はやみくもなパンチではなく、瞬間の判断から計算されたいかにも巧妙な反撃のかたちをとる。空手、柔道、レスリング、フェンシング、プロレスと考えてみて、それでもやはりこれはボクシングだ、という気がしてしかたない。

上巻に「人造黒人」という小説がある。ミスタ・ヘッドと少年ネルソンは祖父と孫だが「兄弟、それもあまり年のちがわない兄弟に見えるほどよく似ている」。ネルソンの生意気な態度がミスタ・ヘッドは気にくわない。生意気といったって、十歳の子どもじゃないか、というような寛大な目線では、この小説は読めない。ふたりで出かけた旅先のアトランタ、はぐれた祖父をさがしてネルソンは通りを走り、老婆とぶつかってけがをさせてしまう。ほんとうははぐれたのではなく、ミスタ・ヘッドは隠れていたのだ、生意気な孫をこらしめるために。女たちにかこまれ、非難されるネルソン。現場に現れた祖父に助けをもとめてすがりつく。発せられた言葉は「おれの子じゃないよ」「見たこともない」。

〈肉に食いこんでいたネルソンの指がはなれるのを感じた。〉

〈女たちはだまって道をあけ、ミスタ・ヘッドはネルソンを残したまま前に進んだ。ゆくてには空洞のトンネルのほか、なにも見えなかった。そこはもとは街の通りだったのに。〉

祖父と孫の対立は、下巻の「森の景色」でも描かれる。対立という言葉はふさわしくないかもしれない。対立という言葉ではおおいきれないものが複雑に絡みあって、ひとつの世界をつくっている。フォーチュン氏は、娘の夫のピッツ氏をというより、ピッツの血統をみとめたくない。フォーチュンの血のみが正しいと思っている。七人いる孫のうち末っ子で九歳のメアリ・フォーチュンだけをかわいがるのは、自分に似ているからだ。外見も、内面も。だが、孫が自分の思うように動かないとわかったとき、老人の愛憎は頂点に達し暴発する。

農場で暮らしていながら、難病のために食事制限を課せられて、フラナリー・オコナーは自分のうちでとれるミルクも飲めない生活を送った。気晴らしに孔雀を飼ったという。そういえば、雄の孔雀は、羽の先にいくつも目の模様をもっている。フラナリー・オコナーもそんなふうに、いくつもの視線で世のなかを見ていたのだろう。

鰐の気配

「まだ若い頃、ピラミッドが建てられるのを見た」という、長生きの鰐が主人公である。さすがの鰐も年には勝てない。その証拠に、五、六十年このかた、ナイル河の湿気が身にこたえはじめた。リウマチなのだ。体が思うように動かないので、以前なら簡単につかまえられた魚も、するりと逃げてしまう。日々の献立は貧しくなるばかり。

レオポール・ショヴォ『年を歴た鰐の話』(山本夏彦訳・文藝春秋)は、そんなふうにはじまる。年とったリウマチの鰐か。なにも起きなさそうだな。そう思い、退屈したのも束の間、この鰐(おじいさん)は大変なことを計画する。自分の家族の一匹を食おうと、決心してしまうのだ。たまたま近くで眠っていた曾孫を発見。気づかれないうちに、大きな口を開けて、ぱくり。左のページには、なるほど確かに口から尻尾を飛び出させている鰐の絵が。年とった鰐は、自分をどう処罰するかで親族会議が開かれているのを目にし、「子孫の不遜に堪へられなくなつて」そこを去る。子孫の不遜か。曾孫を食べたくせに。ひどいなあ。

これは、まだなにか食べるな、と嫌な予感がした。そしてその通りになることを読者はだれも止められない。さて、鰐はどこへ行くのか。鰐は海へ出る。ナイル河の流れを下って。そこで砂浜にねそべっていて、蛸と知り合いになる。足がずいぶんとたくさんある蛸だ。「普通の蛸には八本しかないけれど、私には十二本もあるの」「勘定したのか」「ええ。あたし、十二までなら勘定できますわ」。鰐のために魚をつかまえてはごちそうする蛸。足も多いがサービス精神も旺盛な彼女。二匹は眠り、鰐のほうが先に目を覚ましたときだ。ある考えが鰐の脳裏をよぎる。「もし、この蛸を食べたら」。ああ、やっぱり、食べちゃうのか。自分のために働いてくれるこの蛸を。ひどいなあ。けれど鰐も、一応は悩む。

〈いかん。分別がなければいかん。俺は、この蛸は食はぬぞ。だが、何とうまさうではないか。ほんの少し、味をみるだけならよからう。ほんのぽつちりだ。明日目をさまして、何も氣がつかないくらいぽつちりだ。例へば、足一本。十二本もあるのだ。〉

かなりこわい話だ。蛸は「十二までなら数えられる」といったが、それは嘘で、本当は計算などまったくできない。だから、足が毎晩一本ずつなくなっていくのにちっとも気づかない。かわいそうな蛸。まぬけな蛸。蛸ワサビが好きな私がこんなところで蛸に同情するのは無責任かもしれないが、そう思う。そして、かわいそうな鰐。そんなに食べたくてしかたないなんて。一度食べると忘れられない蛸の味。それと同じように、一度読めば忘れられないなにかが「年を歴た鰐の話」にはある。こわい。けれどなつかしい。自分は、ときどき蛸で、ときどき鰐だとうっすら悟れば、恥ずかしくもなる。

他に「のこぎり鮫とトンカチざめ」「なめくぢ犬と天文學者」の二編を収める本書が、桜井書店からはじめて世に出たのは昭和十六年のこと。その後、昭和二十二年に判型を変えて再刊されたという。そして今度の復刊。消えそうで消えず、ときおりこうして燃え上がるのだから、まるで炭火のような本ではないか。数多くのエッセイやコラムを遺した山本夏彦がはじめて出した本は、この翻訳だった。当時二十四歳。本書には、吉行淳之介、久世光彦、徳岡孝夫、『年を歴た鰐の話』をめぐる三人の文章が新たに収録されている。それを読むとこのふしぎな味をもつ本がいったいどういうものなのか、すこしわかる。たとえば、長いこと全国各地の古書店を探した、と久世光彦は書く。京都で見つかったという知らせを受けたとき「郵送するというのを断って、それだけのために新幹線でトンボ返りの旅をした」。

判型が横長だからか、この本を机の上にのせておくと、そこに、ねそべる鰐の気配が湧いてくるようなのだ。

際限ない漂流

漁船などに乗っていて遭難し、何日間も波間をただよったあげく助かった人の話などを耳にすると、心底、すごいことだなあ、と思う。私ならとても無理だろう、などと思う。だいいち波に弱い。上海と横浜を結ぶ航路を利用したことがあるけれど、三日ほどの船旅のあいだ、ほとんど身体を縦にしていられなかった。酔うのだ。これが地球のうねりか、という感動を船酔いが上回り、ふとったトビウオが海面を跳ねるのを何度も目にしながら、おいしそうと思う余裕もなかった。以来、ごく短時間のフェリーなどを別にすれば船に乗る機会もないので、船酔い体質が改善されたかどうか、知るべくもない。昔の人たちの航海や冒険には心ひかれるし、憧れに近い気もちも湧いてくる。それでもある瞬間、人間はどうしたって移動を重ねる生きものなのだと気づけば、愕然とする。

中野美代子『あたまの漂流』(岩波書店)は、移動し、移動させられる宿命にある人間のすがたを見つめたエッセイ集だ。タイトルが『あたまの漂流』というだけあって、話題はあちらへこちらへと、思いのままに行き来する。藤九郎（アホウドリ）が生息する無人島に漂着した江戸時代の人々の話、ロビンソン・クルーソーのモデルであるアレクサンダー・セルカークのこと、香港でオークションにかけられたブロンズ製のサルのあたまの由来、万里の長城と月の関係、ヤーコポ・ダンコーナの写本『光の都市』が偽書（創作）であるといえるのはなぜか、キャプテン・クックの後に太平洋探検航海に乗り出したラ・ペルーズのこと、玄奘の見たアフガニスタン、タージ・マハルのこと、ミイラについて、など。内容の一部をあげたが、本書の「漂流」ぶりはこれを見るだけでもわかるだろう。『西遊記』等の研究で知られる中野美代子の「あたま」は好奇心の波に乗り、際限もなく「漂流」していく。

「タタール人の砂漠」が面白かった。話題は、イタリアの作家ディーノ・ブッツァーティの小説『タタール人の砂漠』から、安西冬衛の詩「春」へとひろがっていく。とはいっても、ブッツァーティと安西冬衛のあいだにはなんの関係もない。ただタタール、韃靼《だったん》、という言葉が両者をつなぐのみだ。こういうことがつまり、本書のおこなう「漂流」の方法のひとつなのだ。タタールはヨーロッパ人にとっては「モンゴルの西征」を思い起こさせる言葉だ。一方、日本では、韃靼はそのような恐怖の直接の対象ではない（鎌倉時代、二度の元寇という事態に見舞われたにもかかわらず）。

「てふてふが一匹韃靼海峡を渡つて行つた」。安西冬衛の「春」という作品。詩に興味のない人も、どこかで一度は目にしたことがあるだろう。このなかの「韃靼海峡」は、原形では「間宮海峡」となっていた。なぜ「間宮海峡」から「韃靼海峡」に変えたのか。両者の実体は同じであり、だからこそ、この一語のちがいは興味深い。

〈そう、安西冬衛にとっての間宮海峡は、まさに海峡であったけれども、韃靼海峡は大陸との地つづき幻想をいまだに揺曳している死語ならぬ詩語だったのだ。〉

原形の段階で「間宮海峡」がつかわれたのは、こちらのほうが「より新鮮な語感をもっていたから」だろう、という。その理由を、著者は条約や地誌のなかでの名称の移り変わりに求める。つまり、安西冬衛が「春」を書き起こした時点で、世の中に流通するより新しい名称は「間宮海峡」だった、ということだ。この短い詩について私は調べたことはない。けれども単純にいって「間宮」より「韃靼」のほうがいい。音としても、ずっといいと思う。海峡を渡る蝶には「韃靼」の音の歯切れのよさがふさわしい。名称の新旧よりも、その音のちがいに、意外と理由が潜んでいるのではないだろうか。そんなことを考えるうちに、いつのまにやら私のあたまも頼りなく漂流しはじめた。

魯迅

上海の夏。午後になっても降りつづいていた雨が思いがけず上がったところで、私はホテルを出て、バスに乗った。魯迅記念館はその名も魯迅公園のなかにあり、蓮池はなぜかカエルでいっぱいだった。池ばかりでなく植え込みにも道端にも、おびただしい数のカエル。びっくりした。なにガエルというのだろう、茶色っぽくて、手のひらほどもある大きなやつ。カエルは好きだ。けれど、この数はなんだ。建物の入口にたどり着くまでには、カエルのにおいと暑さで気分がわるくなっていた。それ以来、魯迅というとかならずカエルを連想する。その日、記念館で買った魯迅の写真は、しばらく私の机を飾っていた。

魯迅との出会いは、というとおかしいけれど、それは教科書でのことだった。高校の国語の教科書に「故郷」が載っていたのだ。この作品にも、髭を生やした風貌にもひかれて読んだのは、「阿Q正伝」と「狂人日記」。そのときは「狂人日記」のほうがおもしろかった。他人は自分を食いたがっているのだ、という疑いを抱いた「おれ」。〈おれは歴史をひっくり返してしらべてみた。この歴史には年代がなくて、どのページにも「仁義道徳」などの字がくねくね書いてある。おれは、どうせ睡れないから、夜半までかかって丹念にしらべた。そうすると字と字の間からやっと字が出てきた。本には一面に「食人」の二字が書いてあった。〉(『魯迅選集』第一巻・岩波書店)

昨今の狂牛病は、牛から出来た肉骨粉を餌として牛に食べさせていたことにもその原因があるという。牛に牛。つまり、同類に同類を食べさせたわけであり、「共食い」と同じだ。どうも、いけないことだったようだ。生物としての「タブー」というものは、やはり、あるのかもしれない。

「狂人日記」を収める短編小説集『吶喊《とっかん》』。「孔乙己」や「風波」もいい。が、いま私が好きで繰り返し読むのは「宮芝居」。

春祭りの夜、子どもたちだけで船に乗り、他の村へ芝居を観に行く。月明かりに照らされた、その帰り道のこと。川沿いの畑から、いまが盛りのそら豆を盗んできて、船の上で煮て食べようというのである。船には、薪もちゃんと積んである。さっそく岸につけて、畑に入りこむ。そら豆をもいでは、船の上へと投げこむ。

〈仲間のうち、年かさのものが数人、またゆっくり船をこぎ、あとの数人は、船尾の部屋へいって火をおこした。年下のものと私とが、豆のサヤをむく役である。間もなく豆が煮えた。船は水面にただようにまかせて、みんな車座になって、手で豆をつまんで食べた。〉

夜が明けてもこの宴が大人に見つからないように、後始末は抜かりなく。魯迅の書いたものを見わたしても、「宮芝居」のような雰囲気の作品は他にない。論敵相手に射掛けた周到な「雑感」（魯迅独自の手法とスタイルによる文章）が大半を占める著作のなかで、これはむしろ特異な作品だろう。けれどまたそれゆえに、外せないものであることは確かだ。

調子がでないなと思ったら、魯迅を読む。『華蓋集』『准風月談』『花辺文学』『且介亭雑文』。読みはじめれば、細胞のすみずみまで酸素が行きわたる。身体があたたまり、やる気が湧いてくる。そう、魯迅を読むと元気がでてくるのだ。

自分にとって意味のある書物と一度出会ってしまうと、切っても切れない。その出会いは消えない。歳月がその後にじっくりと積み重なっていく。『吶喊』のなかからならば、「宮芝居」。『彷徨』ならば、「酒楼にて」。『朝花夕拾』ならば、「阿長と山海経」。私にとって今後も読みつづけていきたい作品だ。たとえブランクがあっても、色褪せる時期があっても。これから先も自分には魯迅がある、ということが心強く、うれしい。

暴力の発生

多和田葉子『球形時間』(新潮社)を読む。そのタイトルは、いうまでもなく「休憩時間」を連想させる。そんな単純な、と思う読者もいるだろう。けれども、これがただの言葉あそびでないことは全体を読めば明らかだ。高校生のサヤ、カツオ、ナミコ、マックン、教師のソノダヤスオ、大学生のコンドウ。登場人物たちは、あるときは言葉を介して接触し、あるときは身体で繋がる。だがどの関係にも亀裂が仕掛けられていて、それぞれが孤独だ。個々の存在は球のなかに閉じこめられている。球と球は触れ合うが、その瞬間すでにはじき合っている。

サヤがメールボックスを開けると、リカから泣き言が届いていた、という場面がある。二人はメールのやりとりをするだけで、直接会うことはない。「変なところが文字化けしていて、ちょっと気持ちが悪い」というそのメールは、こうはじまる。「あた死は、好きな人はいません。探しているんだけれど、見つかり魔せん」。それを見ていると「球形時間」は「休憩時間」の文字化けのようにも思えてくる。ある登場人物の真意は、別の登場人物に伝わらない。相手に届くときには、すでにどこかよじれている。文字化けを起こしている。

誤解ならば解かれる可能性がある。だがこの小説の登場人物たちのあいだにあるものは、誤解ではない。むしろ誤解さえ生じないくらい、各自がばらばらに漂っている。たとえ言葉や時間や場所を共有しているように見えても、そこから何かが生まれるという感触はない。どこまでも漂いつづけるのだ。

小説の終わりのほうでカツオは妄想的な体験のなかへとすべりこんでいく。空き地に立つ古い倉庫にたどり着き、壁から腕が抜けなくなったサヤ、壁に埋まったマックンと遭遇する。助けを呼ぼうとし、そこでふとカツオは考える。

「でも、腕の埋まってしまったサヤや、壁に埋め込まれてしまったマックンのことをどうやって説明したらいいんだろう。彼らといっしょくたにされたり、犯人にされたりするのはごめんだ。とりあえず、他人のふりをしておけばいいだろう。後で説明すればいい。」

とりあえず他人のふり、このタイミングと身の引き方はリアルで不気味だ。現代の日本が抱える社会問題やさまざまな事件の背景にある人間関係、あるいはコミュニケーションの問題をサンプルとして集め、組み合わせ、構成したところに、この小説は立っているといえるだろう。そこから著者は何を考えようとしたのか。

ひとつは、暴力の発生についてであると思う。たとえば、高校教師ソノダヤスオは、ふらりと立ち寄った焼き鳥屋で、戦中派と思しき老人と口論する。老人は「人類は戦争がなければ、進歩しませんよ。いくら強くても死ぬ気で頑張るから、新しいアイデアも生まれてくる」という。ソノダヤスオは、それなら自分が行けばいいじゃないか、と反駁を加える。口論の内容はある種の典型にはまっているが、かえってそれがソノダヤスオの感情の変化へと読み手の意識を引き寄せる。

「まぶたが引きつっていた。あの男を突き飛ばしたいという衝動はまだ肉の中に残っていた。暴力はどこから来る。まるで、悪い霊にでもとりつかれたみたいに、自分の意志ではないところから、ふいに襲ってくる。それを制御できない自分は、生徒を殴ってしまうかもしれない。恋人を、我子を、殴ってしまうかもしれない。」

ソノダヤスオは、力を押しつけること、あるいは押しつけられることに敏感な性格だ。起立、礼、着席という学校での挨拶の仕方は、軍隊式だから廃止したいと考える。だがそんな彼でも、意見のちがう者に対して暴力衝動を感じることがある。被害が加害に転じ、加害が被害に転じる地点。極まって、反対側へ落ちていく地点。物事が逆転する地点。その存在は随所でほのめかされる。それがもっとも露骨に飛び出すのは、次の場面である。高校生のカツオは、路上で煙草の火をもらおうとして、コンドウと知り合いになる。彼は火や日の丸に執着を見せる大学生だが、日の丸のデザインはみみっちくてみすぼらしいと考えている。

「俺は本物の右になるつもりだ。初夜の血痕みたいな、みじめったらしい丸印ではなくて、大きな、純粋な、本当の、真っ赤な旗を掲げたいんだ。」

「だから、その真っ赤な旗っていうのがヤバイんですよ。真っ赤だと、もう右じゃなくって、反転しちゃうんですよ。分かんないかなあ。」

そして、この小説の中では、文明と野蛮という言葉が繰り返し対比される。日本は明治時代になると、西洋に野蛮だと思われては困る事情が出てきた、とソノダヤスオは生徒たちに教える。文明的だと思われないと、未開の国ということで、不平等な条約を押しつけられたりしたからな、と。喫茶店「ドジン」で、イザベラさんから旅の話をいろいろと聞かされたサヤは「あたしも、そういう遠くの国へ行きたい」と夢想する。だがそのとき、サヤの目は、見慣れた街の風景を別の角度から捉えた。そうだ、もし、自分が遠くから来た旅人で、この駅にいま降りたばかりだとしたら。

「もし外国から来た旅人が見たら、そこの焼き芋屋も、野蛮に見えるかもしれない。電気がないから石で焼いているのだと思うかも知れない。」

既知のものに未知の補助線を引くと、突然ちがったものに見えてくるときがある。サヤはふとしたはずみでその方法を垣間見たのだ。文明と野蛮、暴力と非暴力、正常と異常、加害と被害、右と左。サヤが立ち止まったその瞬間は、不安と解放が同時に訪れる瞬間、対立するものが溶け合いはじめる瞬間でもある。そしてそこへ身を投げ出すことは、どんな移動手段をもってしてもかなわないほど深い旅なのだ。

気に入らない相手がいると、ひそかに写真を入手して切り刻む、潔癖症のナミコ。彼女はいつも嫌がらせや復讐のことばかり考えている。その意味でわかりやすく平板だ。と思って読んでいると、小説の最後まで来たところで、ちょっとおどろく。独白のかたちでそこに置かれたナミコの想念が明かすのは、彼女には彼女なりの論理があるということだ。ナミコの認識と論理は外側の現実とずれたところがあって、神経を病んで入院するコンドウのそれと近い。だがナミコの立場からすれば、正しいのは自分だということになる。

ここにも憎しみと暴力の発生があり、著者はそれを読者の前にぽんと置いたまま、この小説を終わりにしてしまう。まるで山から切り出したばかりの石を放置するような感じだ。このいびつさは計算されたものであり、実験なのだ。『球形時間』はふしぎな小説だ。読むたびにちがうところが迫《せ》り出してくる。

森からはじまる

悩みや心配のタネはすでに過ぎ去ったはずなのに、すっきりしない。悩みの気分につかまって、身動きがとれない。島本理生『生まれる森』（講談社）の大学生の主人公「わたし」はそんな位置に立っている。マンガ喫茶でのバイトをこなし、友人から誘われれば遊びにも出かける。暗く閉じこもっているわけでも、生活から目をそらしたり、なにもかも変えようとしているわけでもない。けれど、終わってしまった恋愛はしつこい二日酔いのように抜けなくて「わたし」は揺れつづける。忘れられない相手というのは、大学受験のために通った予備校の講師。それは、「わたし」には恋愛でも、相手にとってはもっと淡い関係に過ぎなかった。だから「わたし」の思いばかりが、一方的に深い。関係は破綻し、混乱のなかで主人公は相手がだれなのかわからない妊娠と中絶を経験する。

もし大人になるということが割り切ることに慣れるという意味でもあるなら小説の「わた

し」はその手前にいるのかもしれない。夏休み、帰省する友人のアパートを借りて、つかのまのひとり暮らしをしようと思い立つのも、両親から離れて心の整理をするためだ。「わたし」はほんとうは守られているのだ。帰る家もあれば、「キクちゃん」やその兄「雪生さん」のように親身になって話をきいてくれる人たちもいる。その温かさに気づきはじめる季節を作者は丁寧に描く。

タイトルには「森」という言葉が入っている。この小説のなかで「森」は、そこから出て行く場所、いつまでもとどまっていてはいけない場所の象徴として捉えられているようだ。恋愛や人間関係のむずかしさに挫折を感じながら、それでも「わたし」は気もちを立て直そうとする。「左手にボストンバッグ、右手に朝顔の鉢植えを抱えて、わたしは明るい夜の中を駅へむかって歩きだした」という一行は、主人公の前向きな出発を感じさせる。自分の気もちにいそがしすぎた「わたし」が、苦悩の「森」から一歩踏み出し、他者の気もちに触れていく。羽化したばかりの蝶を思わせる小説だ。

夜景と暗闇

ライトアップやイルミネーションでこうこうと輝く夜の街の書店にすべりこみ、谷崎潤一郎の『陰翳礼讃　東京をおもう』（中公クラシックス）を買う。赤と灰色の簡素なカバーが目を引く。それが目立つところに平積みされていたのでコンビニで烏龍茶でも買うように、思わずひょいと手に取った。何年かぶりに読み返す「陰翳礼讃」。「あれ、こんな内容だったたっけ」と意外に思うほど新鮮だった。たとえば羊羹《ようかん》というお菓子ひとつとっても、谷崎の手に掛かると、摩訶不思議な霧に包まれた食べ物として立ち現れる。

〈羊羹の色あいも、あれを塗り物の菓子器に入れて、肌の色が辛うじて見分けられる暗がりへ沈めると、ひとしお冥想的になる。人はあの冷たく滑かなものを口中にふくむ時、恰も室内の暗黒が一箇の甘い塊になって舌の先で融けるのを感じ、ほんとうはそう旨くない羊羹でも、味に異様な深みが添わるように思う。〉

私は谷崎がいうように「われわれの料理が常に陰翳を基調とし、闇というものと切っても切れない関係にある」とまでは思わないが、光によって疲労する感覚はわかる気がする。光と音の氾濫する場所に居つづければ、ひとの視覚や聴覚はどこか麻痺するにちがいない。

以前から、夜景が好きになれない。情報誌が組む夜景スポットの特集などを見ても何の感慨も湧かないことに、引け目を感じたこともある。夜景とはそんなにきれいなものなのだろうか。むしろ暗闇のほうに心が躍る。それはきっと畏怖の感覚が蘇るからだろう。

年始のある日、五十代の女性と会って話をした。彼女とは初対面である。「うちはね」と彼女はいった。「お正月はかならず家族全員そろって写真屋で写真を撮るって決めているんです」。そうした行事と無縁の私はちょっとたじろいだ。毎年そういうことをしているファミリーは、いったいどれくらいいるものなのだろう。

高校の家庭科の教科書を思い出した。そこに載る調理の材料は、いつも四人分だった。「四」というその数字が押しつけてくる「標準」ほど息苦しいものはない。どこか排他的なにおいのする「四」。教科書は、冷蔵庫のどの位置になにをしまうべきかさえ、こまかく指示していた。「そのあとは」と、彼女はつけ加えた。「ホテルに行って食事をするんです。毎年、毎年」。自信に満ちた断言だった。わざわざ展望台にのぼって夜景を見ることと、定期的な家族写真の撮影はどこか似ている。

萩原葉子、萩原朔美親子による『小綬鶏《こじゅけい》の家　親でもなく子でもなく』（集英社）は、かわるがわる執筆するかたちの往復エッセイ集だ。

ビアガーデンでばったり出会ったときなど「あら、妙なところで会ったわ」「ああ」で済ませ、一緒にいた友人が「今の人誰？」と訊ねる、そんな親子。

萩原葉子はこう書く。「親らしいことは、ほとんどしないで来たが、結果として仕事に生きたことは悪くなかったと、思っている。もし仕事もダンスもなく来たとすれば、朔美の足手まといになったか、寝たきりになってしまったかも分らない」。対し、萩原朔美はこう応じる。「親らしいこと、というのはしない方が子供にとってはありがたい。親が子供に過度に興味を持つこと自体が妙である。自身に興味の矛先を向けていればいいのだ。こんな人になってほしいなど、冗談では言っても本気で願うのは不遜というものだ」。

ここだけ見ると、なにかつめたい関係のように思われるかもしれない。けれども全体を通して知ると、絶妙な距離感だということがわかる。それは相手を愛することだけで空虚や不安を埋めているうちは望み得ない関係でもある。個人的な縄張りを育てることはどこまでも終わりのない作業なのだ。

抱えるもの

「帰ってきたけど、会えるかな」

電話が鳴り、出ると、海外で仕事をしている友人だったので、おどろいた。彼女は年に一度くらいしか連絡をくれない人だから、そのたびにおどろくことになるのだ。カフェで向かい合うと、二年ぶりに会う彼女はなぜか少しやつれて見えた。痩せたというより、やつれたという雰囲気だった。前に会ったときには短かった髪は胸のあたりまで伸びていた。元気な人が、どうしたかな、と思っていると、彼女は薄い小さな口をきっぱりと開いた。

「あたしね、いま妊娠してるんだ」

ふうん、それで、と相槌を打つと、彼女の口からはいろいろな話が飛び出した。相手は彼女がいま住んでいる国の人。独身だが、妊娠を告げると、中絶してくれ、結婚する気はない、ほかに好きな人がいるといわれたという。相手の親にも自分の親にも、すでに話したのだという。みんな反対してて、あっち向いても、こっち向いても、おろせ、おろせっていわれるの。はじめちょっと悩んだけど、だけどあたし、産もうと思ってるんだ。経済的にはなんとかなる、育てられると思うんだ。

数日後、同じ店でふたたび顔を合わせると、彼女はテーブルの上に分厚い本を出した。妊娠出産育児の百科。これ、買ってきちゃったよ。彼女は笑ってそういうのだった。私も自分の前に一冊の本を置いていた。中国の作家、莫言《モオイエン》の短編集『白い犬とブランコ』（吉田富夫訳・NHK出版）。ちょっと見せて。その本も、見せて。私たちは、かつて小学校の教室でノートでも交換したときのように、手もとの本を交換し、しばらくのあいだながめた。

莫言は、女優コン・リーのデビュー作でもある映画「紅いコーリャン」の原作者として知られている。八〇年代から九〇年代はじめ、つまりその執筆活動の初期に書かれた短編をあつめたのが、本書『白い犬とブランコ』だ。十四編の作品に原題がそえられていて表題作は「白狗秋千架」。日本語の「白い犬とブランコ」という題がただよわせる、軽やかでちんまりした印象からはおよそ想像できないような、烈しく力に満ちた世界が描かれる。

町に出て十年、仕事の休みを利用して故郷の農村にもどって来た「ぼく」は、コーリャンの束を背負った女性と会う。それは、少年だったころ思いを寄せた「暖《ヌワン》」だった。「暖」は片目が見えない。昔「ぼく」とブランコに乗ったときの事故で、失ったのだ。その後「ぼく」は進学して町に出たが「暖」は村で生き結婚して子どもを産んだ。夫は口が不自由で、話すことができない。一度に生まれた三人の子もみんな口をきけない。「暖」は、人のいないコーリャン畑で「ぼく」を待ちぶせる。

〈「よかった……気がついているでしょ……あなたに嫌がられると思って、わたし義眼をはめたわ。わたし、いまがその時期なの……わたし、物の言える子供が欲しい……あなたが承知してくれたら、わたしは生きていける。嫌だと言ったら、わたし生きてはいないわ。どんな言い訳も、どんな口実も、言わないで。」〉

この小説はここで終わる。読後に残るのは、余韻などと呼べるようなおだやかなものではない。文字が切れても、本のページをはみ出して、緊張と不安が持続する。しかも思いがけない自由さがそこにはあるのだ。他の作品もそれぞれに色濃く、生と性、そして死のすがたを浮き彫りにする。朝早く草刈りに行き竜巻に襲われる祖父と孫を描いた「竜巻」（原題は「大風」）なども、私は読んで、とても好きになった。

〈「おじいちゃん、疲れたかい？」「いいや、星児」「大風じゃったね」「うん」〉

のぼる朝日の描写は雄大で、そこだけ繰り返し読むことも私にはたのしい。見たこともない、大地の果てからのぼる太陽。見たこともないのに言葉が何度も見せてくれる。生死をまぜた濃厚な液体がそのたびに喉を落ちていく。

月は照らして

大きな駅で、人を待っている。待つ人はたいてい柱に寄って立っている。私もそのなかのひとりになって立っている。人の流れを見ていると、飽きない。流れはくっきりと二つに分かれる。右へ、左へ、みんな似たような速さで歩いていく。それを見ているのが、なぜだかわからないけれど私はすきだ。きれいに歩く美人、がに股でせかせか過ぎる人、杖をついてゆっくり行く人、歩幅が小さい子どもたち。それぞれの歩きかたがある。その人だけの歩きかただ。この同じ時刻に同じ場所を、たまたま通っているんだな、この人も、あの人も。

そう思うと、待ち合わせに遅れている相手のことなどあたまからすぽんと抜け落ちて、目の前を行く人の骨格を想像してしまう。背骨があって、頭蓋骨がのっていて脚の骨はこうで、と。人間がこんなふうなかたちではなかった時代もあるんだな、と思うと、ふしぎでたまらない。恐竜と鳥の関係が指摘されているように、生きものはみんなかたちを変えてきた。これからも変えていくのだろう。改札口からはじまる人の流れは、とてつもない時間の流れでもあるのだな。待ち合わせなんかやめてどこかへ行ってしまいたくなる。

イタリアの作家、トンマーゾ・ランドルフィの小説『月ノ石』（中山エツコ訳・河出書房新社）は、青年ジョヴァンカルロの物語だ。一家の郷里である田舎の館で夏の休暇を過ごすジョヴァンカルロ。彼はその土地で、山羊の足をした美しい娘グルーと出会う。グルーは、身体は人だが足は山羊。いったいどこまでが人間の身体でどこからが山羊なんだろう、とジョヴァンカルロは考える。境目はどうなっているのか、と。

それは、この小説のすがたそのものとも重なるのだ。人間と山羊がなんの不自然さもなくつながっているのと同じように、この小説のなかで、夢と現《うつつ》とはつながっている。現実をとらえる方法は必ずしも一つだけではない、という実感が、読んでいるうちに迫ってくる。ひたひたと迫ってくる。ジョヴァンカルロと出会った夜、グルーは彼にこんな言葉をかける。「わたしたちが寝ているあいだに勝手に走ったり泳いだりぐるぐる回ったりするものがあるのよ。不思議でしょう？　月が空を横ぎっているあいだ、眠っていられるというのも不思議じゃない？」読者は、ジョヴァンカルロとともに、すこしずつなじんでいく。この世界の在りかたに。見えないはずの生きものが、それでもたしかに歩きまわる世界に。

ある月夜のこと。グルーに連れられて、ジョヴァンカルロは山の奥へと入っていく。そこで過ぎ去った時代の山賊たちと出会い、やがて三人の「母たち」と出会う。ジョヴァンカルロは「母たち」に「見られる」。そのとき、彼のなかでなにかが起こる。その視線には特別な力があるのだ。「目の光線は、ほとんど蒼白く湿った光にうなりをあげて、彼をますます明るく突き通し、彼の肉のあらゆる部分に低い音をたてて入りこむようだった」。月の夜、自然のなかに身を投げ出して一晩過ごすということは、なるほどこういうことなのだ。山羊の足をしたグルーや「母たち」があらわれることはなくても、それでもやっぱりこういうことなのだ。私はそれを両手で受けとりたい。文章の濃密な息づかい、繊細な緊張感、その表情といっしょに、受けとりたいと思う。

トンマーゾ・ランドルフィは月の光や風のそよぎや草木の営み、生命の背後につづく時間をとても深く感じとることができる人だったにちがいない。見えないものを描いても、見えないものこそ大事だ、というふうには、いわない。そこがすきだ。一九七九年に没したこの作家は、「訳者あとがき」によると、ルーレットにはまり、晩年はカジノのある町に居を構えたという。次はどう出るだろうと思うと、やめられなかったのだろう。そう、なにが出るかは、わからない。『月ノ石』を読むと身体の内側がざわめきはじめる。

お面のような

夜風にパジャマが鳴っている。

ベランダでハンガーのぶつかる音がする。取りこめばいいんだろうな、と思う。思うだけで、動かない。黙ってその音を聞いている。もうだいぶ湿気ているだろうし、天気予報では明日も快晴だから、だいじょうぶ、放っておこう。これだけ風があるから、空では雲も払われて、今夜は星がきれいだろう。それから、星野道夫の『森と氷河と鯨　ワタリガラスの伝説を求めて』（世界文化社）を取り出す。

星野道夫が撮影したアラスカの森の写真を見ていると、目の中で植物が光合成をはじめるようだ。周囲の空気がしだいに緑色になってくる。草原を行く熊が見え、ニシンをねらう鯨が見える。けれど私は寄り道せずに、あるページをひらく。そこに、ときどきながめたくなる言葉があるのだ。それは、カリブエスキモーのシャーマンの言葉だという。

「唯一の正しい知恵は、人類から遥か遠く離れた大いなる孤独の中に住んでおり、人は苦しみを通じてのみそこに辿り着くことができる。」

私はこの言葉をながめる。目は舌となり、言葉の上を這う。読む、というのとはすこしちがう。味わう、というのともちがう。それから、今度は読んでみる。言葉のひとつひとつに目を凝らして、読む。すると、ある事実にぶつかり、おどろく。それは、ここにあるのは、普段なるべく使いたくないような大振りな言葉ばかりではないかということだ。「唯一」とか「正しい」とか「大いなる孤独」とか。本を閉じ、頭をふり、もう一度ながめてみる。風景のようにただながめる。一連の言葉は目から咽喉へ、素直に落ちていく。ところどころ魚の小骨がつかえるような感触をかすかに残しながら。

そういうことはあるのだろう。

あるまとまりを持ったものとして触れたときには受けとめられるのに、言葉のひとつひとつを見つめると、なにやら遠い。もちろんその反対の場合もある。つまり、使われているそれぞれの言葉は親しいものなのに、文章として見つめた途端、遠ざかるのだ。ふしぎだが、言葉にはそういう面が備わっている。

さて、カリブエスキモーのシャーマンの言葉だけれど、ここにはそれでもなにかとても深い思いがある。苦しみを通して孤独の中の知恵へ向かうというのは、生きることそのものだという気がする。だが歓びを通しても、一つの知恵に到ることは同じように可能なのではないか。なぜ苦しみを強調するのかと考えて、思い浮かんだ。それは、苦しみは手の上にのせて見つめることができるということだ。歓びは、なかなかそれができない。なぜなら、歓びはいつでもあちらこちらへ転がり、跳ねまわり、じっとしていることがないからだ。見つめようとした瞬間、歓びはどこかへ遊びに行ってしまう。だから歓びを捕まえておくことはむずかしい。

それにしても「唯一の正しい知恵」とは、どのようなことを指すのだろうか。ひとつの存在は他のあらゆる存在と関わっている、というようなことなのかもしれない。が、「唯一の」「正しい」「知恵」という、プラスチックでできた三つのお面のようなものに阻まれて、その下の微妙な表情を読み取ることができない。

言葉のなかを旅しているあいだに風がやんだようだ。もうパジャマの音はしない。ひょっとして飛ばされたのでは。そんなことを気にしているうちに、かなかなが夜明けの空をじぐざぐに縫い取りはじめた。じぐざぐ模様を溶かしながら空の色はしだいに軽くなっていく。私の身体もいまこの場所に縫いとめられる。かなかなの高音に、ではなく、言葉に。

本を読む

二十一世紀に残したい五冊は、というアンケートがあったとき、まよいなく取り上げた一冊に、長谷川時雨の『旧聞日本橋』（岩波文庫）がある。昭和初期、たとえば林芙美子、平林たい子、中条百合子、山川菊栄、矢田津世子などに発表の機会をあたえた雑誌「女人芸術」だが、その主宰者でもあり戯曲作家でもあった長谷川時雨の回想録だ。「女人芸術」の埋め草として書きはじめられた。

東京・日本橋で長谷川時雨が産声をあげたのは明治十二年。つまりその少女期、まわりには江戸の空気がまだまだ残っていた。江戸生まれのひとたちが息をしていた。そのころの生活や、さまざまな出来事を思い出し、あざやかに描いた作品が『旧聞日本橋』だ。子どもの目だけれど、子どもの目でない。小さなおとなの目、といえばよいかもしれない。長じてなお忘れることのない生活の細部、音やにおいや、ひとびとの顔つきや仕草など、深い思いをこめて描かれる。風俗の記録という視点から価値をみる読者もいると思うけれど、私にとってはまず、たのしそうに書いてあるからたのしく読める一冊、なのだ。

九歳の時雨は、二弦琴のお師匠さんのところへ通う。お師匠さんのうちには「万年青《おもと》の芽分けが幾鉢も窓にならべてあって、鉢には鰻の串をさし、赤い絹糸で万年青が行儀わるく育たないように輪を廻らしてあった」。お師匠さんは、色の浅黒い大きな顔で、鼻がすっと高く、剃った眉毛は真っ青、大きな赤い口につやつやした茄子色の歯。そんなふうな女性のもとへ、少女の時雨は夏の日、日盛りを稽古に出かけていくが、いつもすぐはじまるとは限らない。ときには待てども待てども、稽古ははじまらない。

〈おしょさんが寝ていても、お客様があっても、髪結いさんが来ていても、お湯にいってきてからでもお化粧がすんで、さあはじめましょうといわれるまで、幾時間でも、待てば待つほどおとなしくよろこんでいた。〉

なぜそんなに待つことができたのか。その理由は「本」だった。「くさ双紙の合巻ものが、本箱に幾つあったかしれない」。それも、どこにでもあるようなのではなくて、手垢のついていないきれいなもの、初版摺りばかり。いまでいうとマンガに近い感覚だろうか、そんな絵入りの読み物がお師匠さんの家にはいくらでもあって、待たされるのは大歓迎だったのだ。時雨が大事にていねいに見るので、感心したお師匠さんは秘蔵本を出してくれることもあるのだった。

鳥が枝にとまるように、本にとまったまま、動かない少女。書物を愛する少女。その熱意の角度はだれかを思い起こさせる。たとえば十一世紀半ばに書かれた『更級日記』の作者、菅原孝標の娘。「紫のゆかり」（『源氏物語』）にふれて、そのつづきが読みたい読みたい、となる。上総の田舎から京へ上ったばかりで、周囲のひとたちはまだ都に慣れていない。なので、つづきを見つけてくることができない。それでもなんとか、と思い「この源氏の物語、一の巻よりしてみな見せ給え」（岩波書店・日本古典文学大系）と「心の内に祈る」のだ。結局「をばなる人」（おばさん）が、かわいらしく育った姪のために、源氏物語をひとそろい用意した。

〈人もまじらず、木ちやうの内にうち臥してひき出でつゝ見る心地、后のくらひも何にかはせむ〉

だれにも邪魔されない読書の愉楽を語る『更級日記』。本があるから待たされても平気、という『旧聞日本橋』。読むことのすきなひとはどの時代にもいる。そういうひとが、読むことがすきだ、すきだった、と書き残す。はっきりと書き残す。そのほかのことと共に書き残す。だから、読むときはひとり、書くときもひとりだが、それはいつのまにか見知らぬだれかの前にひろげられる出来事となるのだ。世の中の情報や通信の速度が変わっても、ひとがものを読む速さは、そんなに変わるものではない。それは心臓の拍子と同じように、コトコトコト、とつづいていく。

Ⅲ

エニス修道院

アイルランドのエニスで、ホテルについたのは夜の八時過ぎだった。腕時計の文字盤をいくらじっと見つめても、ためしに頬をぱし、ぱし、とはたいても、私の感覚では八時といえばすっかり暮れた夜なのだ。けれどもそれが、うっすら明るい。毎日こうなのかな。夏至まではこうなんだろうな。これではひとびとがいつまでも出歩きたがるのも無理ないね。と思いながら、部屋のカーテンを開けると、エニス修道院のもっとも高い建物が目の前に立ち上がった。おどろいた。うっかりひとの裸を見たときみたいに。見てしまったら、見なかったことにはできない。そういうときはよく見るにかぎる。薄明かりのなかに浮かぶ修道院。だれもいない。それでも、そこにだれかいるような気がして人影を探した。

夜はひとがいない。夜、ひとがいないのはそこが遺跡だからだ。朝行くと入口の門が開いていて、受付にひとがいる。男性ひとり、女性ひとり。女性のほうは、修道院にあきているようだった。そうでなければ、遺跡と一体化してものしずかなだけかもしれなかった。でなければ、受付係というものにあきているのにちがいない。あなたが毎日来ている修道院、私ははじめてですよ。はじめてだけど、たぶん最初で最後ですよ。と、入場料を払いながら思って、銀縁眼鏡の奥の目を見たら水色だった。

屋根がない。灰色の石を積み上げた壁は頑丈で、雨ざらしのなか何百年も残っているけれど、屋根は残らない。あたまの上に空がひろがり、ときどき、からすが飛んでいく。からすだな。窓っていいな、と遺跡の窓を通してとなりのホテルを見る。あちらの窓からこちらのほうを昨日の夜は見ていたんだ、とわかる。遺跡って、なにもかも終わっているけれど終わりながらつづいているところだ、とわかる。足もとの墓碑銘を読む。「二十五歳で死んだパトリック」や「二十二歳で死んだエリザベス」。見ていると、心がしずまる。墓碑銘の言葉は、あからさまなことばかり綴る。だれかの生涯の骨組みだけを綴る。何年から何年まで生きた。だれそれの父はだれそれ。何年何月何日、何歳で天に召された、など。見ていると、毛虫がいく。小指ほどの毛虫が文字の列を突っ切って這っていった。

石の壁に隔てられた空間から空間へめぐっているうち、鉄格子がはまった小さな入口を見つけた。入口につづく通路は、ひとがやっとひとり通れるくらいの幅で、身をかがめなければ歩けないくらい天井が低い。通路はすぐに突きあたり左に折れていて、その先がどうなっているのだか見えない。柄のついた掃除用具みたいなものがおいてある。ここは道具置き場かなにかになっているのかな。そうだね、これは。それにしても異様な雰囲気だな、とパンフレットに目をうつすと、牢獄とある。わ、牢獄なのか、と思いながらあらためて見ると、墓よりもよほど気味がわるい。この、幅も高さもひとりが通るのにやっとの通路を引っぱられて奥につながれたひとは、どういうひとなのだろう。なにをして、つながれることになったのだろう。ときにはなにもしなくたって、つながれたかもしれない。後ずさる。

司祭や聖歌隊のための場所だった空間にうつると、やはりここにも屋根はない。雲がながれて日は照りかげり、空の明るさ暗さが石の色を変えていく。石の沈黙の底には、ささげられた歌がしずんでいる。夕方になれば受付の男のひとも女のひとも支度をして帰っていく。門はまたとじられ、過ぎ去ったひとたちと、石との時間がはじまるだろう。受付のひとが変わっても、私の記憶からこの町が抜け落ちても、石は朝にはあたたまり、夜になればすこしずつ冷えていく。からすはその上を飛ぶのをやめないだろう。草は生えるのをやめないだろう。耳をかたむけると受付のほうで咳がした。

笛吹川

縁もゆかりも、海もないが、なんとなく山梨がすきだ。最初は、勝沼という町だった。もうずっと前のことになるが、はじめて勝沼をおとずれたとき、日本にこんな町があるのかとおどろいた。人の住むところ以外、平地も傾斜地も、ほとんど葡萄畑なのだ。ひろいひろい葡萄畑だが、見わたすと、あちらにひとり、こちらにひとりと、農作業のひとが出ている。実りの季節をとうに過ぎ、冬空の下、葡萄畑で働くひとはみなひとり。それを見ていると、ひと口に日本といっても、いろいろな景色があるものだなあ、ほんとに、と吸いこまれるようだった。私は神奈川県に住んでいるので、となりの山梨県へは行こうと思えば日帰りでも行けるのだ。八王子から中央線にのり、勝沼、塩山、酒折、甲府とつづく。

石和温泉で途中下車したことがある。石和《いさわ》の地図を見たら「深沢七郎資料室」とあったので、やっているかな、どうかな、とたしかめに行った。ただ、私の地図はすこし古いもののようだったので、やっていなければそれはそれでしかたない、と通りを歩き、その場所を探した。山にかこまれた町だなあ、とおどろいた。枡のなかにあるようなのだ。枡のなかにあるようなのに、閉塞した感じがしないのは、土地が平らだからかな。その建物は、見つかった。けれども予感はあたり、資料室は開いていなかった。開いていないというより、もはや、やっていないようなのだった。近くに縁者のかたの店があり、そこで訊いてみると、ならべたもの（本など）が持ち去られるなどいろいろあって、いまは閉めてしまった、ということだった。展示してある本を平気で持っていってしまう人間がいるのか。ほんとうにその書き手のことがすきだったら、そんな真似はできないんじゃないか、そのひとが生まれた町で、とあたりまえのように思うが、残念、通じないひともいるのだ。すきだからこそ持っていく、といってしまえるひとも、いるのだ。

そんなまっとうな意見が自分のなかから湧きあがり背骨にそって流れ落ちる。するとなぜかへんに汚れた気もちになり、見ればなお四方には、山並みがある。山と山のあいだから、富士山がのぞいている。富士山も山だが、顔を上げた瞬間には、あれはじつは山ではないな、と思える。手前の低めの山々の連なりが「山」なら、富士山は山ではない。富士山が「山」なら、低い山々は山ではない。大きさのちがいではなく、別物だ。それほどにちがう。どうしてこれらをまとめて「山」と呼んでいるのか、ふしぎだ。そういえば、深沢七郎は書いていた、我が家では代々、富士山に登ると死人が出るといって登ることを禁じている、と。その町の歩道から富士山を仰ぎ、わかった。「登ってはいけない」というその言葉は、遠くにあるものについての言葉ではない、それは、いつも見えているものについての言葉だったのだ。

笛吹川の岸は遊歩道になっていて、ベンチも見える。そこへ行こうと青信号で渡り終えたときだ。その場の空気をみんなあつめたような奇妙な威圧感に、なんだこれは、とまばたきすると、鳩だ。鳩の群れだった。一羽も飛び上がらず、みな地面に両足をつけたまま、そろってこちらへ移動してくる。波のように押し寄せる。食べ物など見せてもいないのに。食べ物は持っていないのに。呼びもしないのにこの勢いはなんだ、とこちらはなるべく静かに動いた。これでは笛吹川の水を見るより先に、鳩たちの期待につぶされてしまう。そうだ、おにぎりが、とバッグの底から明太子おにぎりを出す。明太子なんか食べるものか、と思ったが、平気でついばむ。冬枯れのススキと葦が川岸で苦しむ。笛吹川の川面は見ていられないほどまぶしい。びらびらと輝き、光を散らしていた。

予感

冬のある日、凍った湖の上を歩いていた。

凍った湖というものは、残酷なくらい平らだ。凍ってから雪がふると、湖の表面はまっしろいもので完全におおわれてしまう。まっしろで平らな場所は、清らかだが、取りつく島がまるでない。遠くそびえる山々の連なりはおごそかで、視界に入ってもいまひとつ実感が湧いてこない。ぼんやりとながめてしまう。別の星の出来事のように。

一度でも経験したことのある人にはわかると思うけれど、雪の上を歩くにはスキー靴が必要だ。そうでないと、ひと足ごとに雪のなかへ沈みこんで、とても前へ進むことはできない。私はそのとき、スキー靴をはいていた。ゲレンデ用ではなく、いわゆるクロス・カントリー用のもので、板は短めだった。

葦かなにか、細長いかたちの葉をもつ植物が、枯れて乾いてなおそのままに湖を縁取っていた。ちょうど人間の額の生え際みたいなものだ。枯れ草のやさしい色合いと湖の白さとの境目は、あまりにもはっきりしていた。境界はあるのだな。そう思って、どきりとした。

まっしろな湖へ踏み出すときの気もちは、ためらいとも畏れともつかないものだ。ひょっとしたらどうかなってしまうんじゃないかと思いながら、後戻りはできない。足をどこへ着けたらいいか、一瞬迷う。それはたとえば食パンを持ち上げて、どこからかじるか迷う感覚と似ている。凍った湖の上は、うれしくなるほど不安だった。岸から離れれば離れるほど、不安と歓びが濃くなった。とはいえ、私はひとりではなかった。湖については自分のうちの洗面器と同じくらいよく知っている、その土地の人たち数人と行動をともにしていた。

慣れてくると、湖の表面をおおっている雪もよく見ると薄いところがあるとわかった。氷の下にうっすら、流木らしきものが透けていた。なぜ流木の影が見えるのか、考えなかった。あ、と思ったら、吸いこまれた。次の瞬間には、片方の足がすっぽりと湖にはまっていた。ああ、それで流木が見えたのねと、やっとわかったのだった。湖底から温泉が湧き出して、そこだけ氷がゆるんでいたのだ。先を行っていた土地の人たちは、おどろいてもどってきた。私もすっかりおどろいて、言葉もなかった。

こうして私は湖に落ちたのだが、氷の底がぬける直前、なにか予感めいたものはなかったのだろうか。なんとなくいやな感じとか、危ない感じとか。けれど、いくら考えてみても、ないものはないのだった。そのことに、ふたたび湖に落ちるようなショックを受けた。もし危険を察知する力が足りないとすれば、それは生きものとして恥ずべきことにちがいない。

湖に落ちたのはこのとき一度きりだ。が、落とし穴ならよく掘っていた。子どものころに。スコップをかついで近所の子たちと森へ行き、目星をつけた場所を掘り返す。子どもの力ではそれほど深い穴を掘ることはできない。それで、何日もかけて掘るのである。もちろん、獲物なんて通らない。人もめったに通らない。散歩中の犬でも落ちないような穴だ。それでも私たちは掘ることに熱中した。黒土のなかから木の根っこが際限もなくあらわれ、地中に棲む小さな生きものがあとからあとからいくらでも出てきた。

ある日、友だちよりも先に穴のある場所へ行きたくて急いでいたら、たどり着く前に、落ちた。あっ、と思ったけれど、遅かった。おこるにおこれなかった。というのは、なにを隠そう、その落とし穴はだいぶ前に自分たちが掘ったものだったから。友だちには黙っていた。わたしは穴掘りがいやになった。人生の穴にならいまでもよく落ちる。あまりよく落ちるので、どこからどこまでが穴なのか、わからないくらいだ。穴と穴は、思いがけないところでつながっているのかもしれない。

酉の市

二の酉《とり》の日、友だちと待ちあわせて新宿の神社へ酉の市を見にいった。十一月の夜は、六時ともなればもうすっかり外は暗い。道路沿いのせまい歩道にも露店はびっしりとならぶ。どの露店も、充分にあかるくなるように電球やライトをいくつもいくつも下げている。

うっかり裸電球を見てしまうと、いたい。ぼんやりみかんをむいていて、汁が目にはねたときのように。夏ならば、羽のある虫がたくさん集まってくるはずの電球のまわりも、この季節はしずかだ。しずかな電球に群がって、にぎやかなのは人間ばかりだ。

参道から奥へ奥へと、人の流れができていた。こういう場合、急いでもしかたないとわかっているのに、だれもがなぜか先を急ぎたがる。

「あ、べったら漬け」

いわれて傍の店を見ると、ぐんなりとした大根が樽の縁をこえるほどいっぱいに積み上げられていた。

「好きなの？」

「うん」

そうなのか、と意外だった。友だちは友だちだけれど、実際にはまだ数えるほどしか会ったことがないので、彼女が好きなものについて聞けば、そのたびに新鮮に響く。

境内は人でいっぱいだった。そのなかには少数のおまわりさんと、かなりの数のヤクザらしき人たちも含まれていた。ヤクザのような、という意味ではなく、本物のヤクザだ。歌舞伎町が近いせいかどうか、わからないが、とにかくよそのお祭りでは考えられないくらい、その世界の人が多かった。

流れに従って歩いていて、ふと見まわすと、いつのまにかスーツすがたのごつい男たちの一群にのまれていたので仰天した。おはようございます、と繰り返し挨拶を受ける男を見ると、いかにも親分らしい。なんか、それはそれでわかりやすいな、と思った。

「あっ、つばが」

と、友だちがいう。え、なに、と聞き返すと、あまりたくさんヤクザがいるので、つい、という。私はおどろいた。どうしてヤクザを見てよだれが、とよく聞けば、いやびっくりしちゃって、という。

酉の市だから、縁起物の熊手を売る店でいっぱいだ。鶴亀、松竹梅、招き猫、梟、海老、おたふく、翁、七福神、大判小判、俵、福枡。センスがいいとかわるいとか、そんなことは問題にならない。おめでたいものなら、なんでもかんでも、一緒くたに貼りつける。知らない人が見たら、原形が熊手だとはわからないだろう、たぶん。

「あ、りんご飴だ」

真っ赤なものばかりならぶ露店の店先へ友だちは近寄っていった。りんご飴を売っているのは、頭に白いタオルを巻いたぎょろ目のおじいさんだった。店の隅には火にかけられた片手鍋があり、飴がふつふつと音をたてて煮えている。割り箸に刺したりんごを、熱い飴の中に沈める。持ち上げる。すぐにかたまる。

「りんごは」

と、友だちはおじいさんのほうへ身を乗りだして訊ねた。

「フジですか、ムツですか」

私はまたおどろいた。りんご飴に使われるりんごの種類など、気にしたこともなかったからだ。おじいさんは唸ったきり、答えられなかった。仕入れるときに見なかったのだろうか。

でもまさか、訊かれるとは思わなかっただろう。友だちは大きなりんご飴をひとつ買うと、うれしそうに歩きだした。それから、屋台に席を見つけて、おでんを前に向かい合った。いざ向かい合って座ると、はじめて会うひとのような気がした。なぜか、昔から知っているような気もした。きつく結んだしらたきを彼女はおいしそうに食べた。

苺を探しながら

学生だったときのことだ。夏の休暇をひかえたある日、講義の後のざわついた教室で、知人がぽそりとつぶやいた。「休みになったら、お遍路にいくんだ」。お遍路って四国のお遍路、と聞き返すと、「ほかにどんなお遍路があるのよ」と笑われた。ふうん、と意外な気もちで聞いていると、その人は私をおいて静かに立ち去った。どうして、と動機を訊ねてしまったかどうか、忘れた。

ただ、はっきりしているのは、蟬の声がぱったりやんで、空から入道雲が消えるころになっても、同じ教室に知人のすがたを見かけなかったということだ。もしかしてまだ歩いているのかな、それともこの講義に出るのをやめただけか、と気になったけれど、接点がすくなかったこともあり、それきりになった。だから、その人は私にとって、お遍路にいったまま消えた人だ。

「定年になったら一度はいきたいと思っているんだ、四国遍路」という中年男性は、いろいろなところに潜んでいる。日ごろ信心などから距離がありそうな人の口からそんな言葉がぽろっとこぼれ落ちると、たじろぐ、とまでいかなくても、ちょっとびっくりする。心願あって、というのならば、わかりやすい。とくに願いってのもないんだけど、なんとなく歩いてみたくて、と明るくいわれると、気まずさの泡がふつふつと中空に湧いてくる。その人自身も気づいていないなにかが、動機の奥にひっそりとしまわれているかもしれないのだ。それを、見ていいのか見ないほうがいいのか、迷う隙《すき》もなく垣間見る。人に聞かれて答えられることばかりでできているカレンダーなど、この世にあるだろうか。

そんなことを考えながら、高群逸枝『娘巡礼記』(岩波文庫)を手にとった。

熊本生まれの著者が四国遍路をこころざして九州を出発したのは、大正七年二十四歳のとき。のちに『母系制の研究』や『招婿婚の研究』をあらわすことになる高群逸枝が、研究生活に入る前のまだ若い時代に記した旅の手記だ。大正期のお遍路の記録ということから考えても、タイトルの印象からしても、私は想像していた。これはだいぶ黴臭いものではないだろうかと。が、読んでみると、いま目の前でざっくり割った鉱物の断面みたいに、きらきらしたところがいくつもあって、そういう部分は古びていない。お遍路のスタイルは当時といまとではだいぶちがうはずだ。そのちがいを飛びこえて伝わる情熱やいきいきとした目線が読む愉しみを運んでくる。

六月はじめに出発して十一月後半まで、ということは、およそ半年かけた旅だ。熊本を出て四国に入るまでに、一月かかっている。とはいえ、時間にしばられた旅ではなかったのだろう。雨が降れば、先を急ぐでもなくその地に逗留する。いまでこそ女性のひとり旅もおかしくないが、当時はめずらしかった。そのうえお遍路のすがたなので、どこへいってもいぶかられる。いぶかられるか、祭り上げられるのだ。ご加護を受けた人、特別な力をもった人にちがいない、と。

たとえば、二人の女性がおできの相談にやって来る。泣き出しそうになりながら「そんな者じゃない」といっても、先方は「決してきいては下さらぬ」。仕方がない。そこで「私」はおできの神様になりすます。「赤くなり青くなりながら」言葉をかけて、なんとかその場をおさめる。その感想が、旅から帰ったら「早速おできの神様になってやろう」だから、笑ってしまう。

〈疲れて疲れて泣きたくなっていると傍の崖に赤い苺がある。それを取って食たら元気がよくなった。それからは瞳を見張って苺を探がしながら行く。〉

病や貧苦、人々の疑いと親切、著者は旅路にあって考えるところをまっすぐに引き寄せて書く。苺、発見というような、ちょっとした出来事も書きとめる。苺、もっとないかな、と探したことまで書きとめる。歩くことがすべてのはじまりだった日々。旅の中身はいつのまにか動機をしのいで、ふくらんでいく。

溶けないアイスクリーム

立食パーティーに付き纏うおかしなよそよそしさを、なんといったらいいのだろう。なにもかもが優雅に、きちんとしつらえられていればいるほど、なんだか気恥ずかしくつらい気もちで、居心地がわるくなってくる。だがしかし、楽しいことがひとつあって、それは大勢のために用意された料理を見ることだ。

何十人分のサラダや何百人分のピラフなどを目にすると、わああ、と思う。とはいえ、そんなに食べたいというわけではない。ただ、同じ食べ物がたくさんあるということに圧倒され、なにに抵抗するのかわからないけれどとにかく抵抗できないという感じが生じて、それから静かに満たされてしまう。小学生のころ、お昼近い時間に給食室のそばを通りかかり、ひょいとのぞいたら、大釜いっぱいのごはん、大鍋いっぱいのスープ、何百個ものミルクプリン、わああ、と思ったのと、似ている。

和洋中のさまざまな料理をひとつのお皿に取りまぜて、遊園地のような色彩にくらくらしながらいただけば、カシューナッツは東、西へところがるし、皿の縁の先にはひとのよごれた靴が見えるし、なんだかいそがしい。

たしかに立食は効率がよい。いろいろなひとと話ができる。逃げたいひとからは逃げられる。たまに、追いかけてくるひともいるけれど。だがほんとうは、お皿片手に移動しながら食べること自体、運動神経がよくなければむずかしい。立食パーティーはスポーツなのだ。

「あ、アイスクリームが来た」

と、となりにいたひとが教えてくれた。なにを食べたのかわからないうちに、デザートになった。とりあえず、どんなアイスクリームなのか見てみようと、近づいていった。草原に不時着したUFOでも見に行くように。

四角くて浅い銀色の容器にアイスクリームは入っていた。何十人分ものアイスクリームだ。白くて、ごく普通のバニラアイスクリームに見えた。白いので、巨大な豆腐のようだった。すでにだれかすくったところは、陥没してすこし溶けていた。私は、アイスクリームはやめて、ケーキにした。赤いソースのかかったとても小さなケーキだった。となりにいたひとはすこし迷い、それからアイスクリームをえらんだ。自分のケーキを食べないうちから、

アイスクリームの感想を待っていると、

「これ、なにかへん。溶けにくい」

と、彼女は眉を寄せていった。味見させてもらったら、白くてもバニラではなく、後味にうっすらと酸味があった。キウイかそれともパッションフルーツか、なんだろう、なんだろう、といっているうちにパーティーはおひらきになった。アイスクリームに気づかないひともいたようだ。後には、まだかなりの量のアイスクリームが残されていた。

「どうなるんだろうね、あれ」

となりにいたひとは、溶けていくしかないアイスクリームを気にしているようだった。

そのとき、突然私のなかで、ある小説のほうに向かって、アイスクリームが溶け出した。その小説を読んだのは十年以上前だが、目の前のアイスクリームにぴたりとつながった。披露宴の後、残ったアイスクリームのかたまりをホテルの従業員のひとたちが黙々と食べる。そういう場面が、小川洋子の「シュガータイム」にある。

〈「さあ、食べましょう」主任の声があまりにも明朗で迷いがなかったので、わたしは思わず大きくうなずいてしまった。皆、一斉にスプーンを白い塊に突き立てた。ずんずんと、その塊は小さく形を変えていった。〉

このアイスクリームも、と一瞬考えた。が、もちろん、どうなったのかはわからない。訊けば簡単にわかるのだろうが、訊くようなことでもない。世の中には訊けそうで訊けないことがいっぱいある。

小菊

出ないねえ。出ませんねえ。先日、知人たちと飲んだときの話題のひとつが、出ないね藤沢清造全集、だった。広告はたびたび目にするし、内容見本もだいぶ前にできているんだから、もうすぐでしょう、きっと。そんなふうにいうひともいれば、地元の図書館で探してもらったけど「藤沢清造」で検索しても「根津権現裏」で調べても、ないっていうんだよね、なにで読めるんですか、というひともいる。明治二十二年石川県生まれの小説家。上京して雑誌記者などをしながら小説を書いたが、貧困に見舞われ、その最期は凍死だった。凍死した作家というのも、ほかに聞かないねえ。ぽそりと口にするひともいた。

藤沢清造全集を企画したひとは、その命日にはかならず墓参りに行くほど、この作家のことを大事にしているという。定期的な墓参りともなると、余程思い入れがなければできないだろう。一瞬みんな、しいんとした。興味のあるひともないひとも、その墓参りの話をきいて、早く出るといいですね、とうなずいた。

　文学者の墓参りをしたことってほとんどないな、と考えた。雑司ヶ谷の墓地や青山の墓地へ足を運んだことはあるが、お参りではなかった。漫然とした散歩だった。たとえば、太宰治の墓へ行ったことがある。その近所に友人が住んでいたのだ。いっしょに鍋物の材料を買いに出た帰り道、ここが、と教えられて立ち寄ったのだった。友人が手にさげたスーパーの袋から、なにも知らない葱があおあおと飛び出ていた。桜桃忌に墓参、というようなことが私にはできない。お墓を、片目でちらっと見ることしかできない。だれかのお墓の前に立つということが照れくさい。ひとの骨を見るのも照れくさいので、葬式はこまってしまう。かなしくてかなしくて涙がとまらないのに、いざお骨を目にすると、恥ずかしいような、照れくさいような気になってしまう。

　でも、そうだ、文学者の墓へ花を供えたことが一度ある。そのとき鳥取へは、友人の結婚式によばれていった。郷里にもどって国語の先生をしている友人だ。大学生のとき、よく彼女の下宿へあそびにいった。彼女はマンションに住んでいて、私の四畳半のアパートには風呂がなかったので、帰りにはお湯をつかわせてもらって、帰った。湯気を立ちのぼらせながら地下鉄ひと駅分を歩いて帰った。鳥取へ行くなら、と考えた。鳥取へ行くなら、尾崎翠のお墓へ行ってこよう。たしか市内の寺にあるのだ。「第七官界彷徨」も引きつけるが、七十五歳、死に臨んでの言葉というのが、忘れられなかった。「このまま死ぬのならむごいものだねえ」。

結婚式の後、帰りの飛行機に乗るまでのあいだに、ちょっとでも寄るつもりだった。が、地図も持たず、町名だけで見当をつけて歩いたので、簡単にはたどり着けなかった。迷っているうちに花屋を見つけた。そうだ、花でも買っていこう。ついでに道を訊こう。店頭で足をとめ、白や黄の菊を選びはじめると、店のひとが怪訝な顔をしてこちらを見ている。どこからどう見ても祝い事にしかつながらない装いで仏花に手をのばしている私。

何種類かの小菊を取りまぜて、レジのところへ持っていくと「包みましょうか」。店のひとはなにか訊こうとし、こちらもなにか説明しようとした。が、それは一瞬のことだった。どちらもなにもいわなかった。ううっと、声のような、溜め息のようなものが、ふたりのあいだに流れただけだった。言葉は、なかった。手わたされた菊の花は、ふわふわしたピンクの紙でくるまれていた。いくつも角を曲がって、ようやく寺を見つけた。ピンクだけれど。お墓に花を供え、手を合わせ、それから一時間もしないうちに雲の上を飛んでいた。

香月泰男展のこと

東京ステーションギャラリーの「香月泰男展《かづきやすお》」はよかった。香月泰男の作品をまとめて目にするのははじめてだったが、朝から心の畝《うね》を掘り返されたような気もちがして、落ち着かない。心の土中で冬ごもりしていた虫たちを、それらの絵はたたき起こしたようだった。

香月泰男の画業を前にするとき、二つのテーマが目につく。一つは、戦争・虜囚体験を描いた「シベリア・シリーズ」で、もう一つは、野菜やくだものや花、生活道具など身辺のものを描いた一連の作品。その両方のテーマが、並行して描き進められていったのだ。製作の流れを知ると、一枚の絵だけではわからない顔が見えてくる。その顔を、なんといったらいいだろう。バランスをとろうとする心の強さみたいなもの、といえばよいだろうか。シベリアでの虜囚体験を描いているから心打たれる、というだけではない。厳しい体験を描きながら、その一方で同時に「蝸牛」や「とうもろこし」や「火箸」などを描いているという事実にも心打たれるのだ。「家鴨」や「梟」や「葱」なども彼は題材にえらんでいる。抑えた色づかいの奥からぬうっと首を出すような存在感。たとえば「蝸牛」は、あまりに正直なそのたたずまいに、見ていて目の奥が痛んだ。そのものが、そうでしかありえないすがたで描かれ、一度見たら忘れられない。

「シベリア・シリーズ」は、復員後から死の直前までつづけられた。「涅槃《ねはん》」「囚」「餓」「穴掘り人」「点呼」と、いくつかタイトルをあげるだけでも沈んだ気もちになる。が、絶望のなかに配線されているのはたしかに輝きなのだ。それは絵のもつ輝きだ。そこで、どきどきしながら亡霊のような顔がならぶ画面に見入ることになる。善悪も政治も社会も飛び越えて命の暗い輝きだけがそこにある。「シベリア・シリーズ」はつらいシリーズだが、私はまた見たい、何度も見たい、と思った。それはきっと、「絵を見た」というより「絵の前でなにか体験した」と感じさせるところが多分にあるからだと思う。

黒い画面に似通った骸骨のような顔がいくつも浮かぶ「涅槃」や「列」。思い出すのは、石原吉郎の詩だ。たとえば「位置」(『サンチョ・パンサの帰郷』)。

〈しずかな肩には/声だけがならぶのでない/声よりも近く/敵がならぶのだ/勇敢な男たちが目指す位置は/その右でもおそらく/そのひだりでもない〉

ひとがならべば、位置が生まれる。相対的な位置が明暗を分けることもある。石原吉郎もまたシベリア抑留を経験したひとりだ。八年におよぶ抑留生活と強制労働は、いったいなんだったのか。石原吉郎の詩がいまも読めるのは、抑留体験から出発しつつ、それをひとつ越えたところで言葉を動かしているからだ。石原吉郎はシベリアの記憶のなかに鬱々と沈みこんでいった。後には作品が残り、シベリアも、その時代の空気も知らない読者が誕生しつづける。無論、私も知らない。知らなくても、読者なのだ。

香月泰男の「青の太陽」が表すのは、匍匐前進の演習のときの感情らしい。「自分の穴に出入りする蟻を羨み、蟻になって穴の底から青空だけを見ていたい。そんな思いで描いたものである」と作者自身の言葉がそえられている。黒い画面の上方に切り取られた、トルコ石のように青い断片。その青さのなかに白い点が散っていて「深い穴から見ると、真昼の青空にも星が見えるそうだ」と、作者は言葉を締めくくっている。白い星のまたたきに託されたものは、憧れとも諦めともつかない。こんなぞっとさせる青色をほかに知らない。この作品を描いた同じ年、作者は「南瓜《かぼちゃ》」も描いている。黒く、眠ったような南瓜だ。存在することに集中しているような南瓜だ。遠い地の記憶を描き、指の先にころがっている野菜も描いた。香月泰男は、野菜に記憶の青空を支えさせた。

撮る、撮られる

映画に出るのは恥ずかしいことだ。いま日本で、そういうふうに感じる人は少ないのではないだろうか。選ばれてスクリーンに出るのだから、素晴らしい、だれでもできることではない、とむしろ肯定的に受け止められることが多いはずだ。アフガニスタンでは、ちがう。映画は、どこか恥ずかしいものと考えられている。だから、映画監督が出かけていって出演を頼んでも、頼まれたほうはなかなか首を縦にふらない。サミラ・マフマルバフ監督に説得され、「午後の五時」の主役として出演したアフガン女性は、アゲレ・レザイ。恥ずかしさばかりでなく、表現に関わることで生じるかもしれないさまざまな危険を考えた上でカメラの前に立つ。その佇まいは美しい。静かな覚悟に支えられた美しさだ。それまで映画に接する機会さえなかった人とは思えないような堂々とした存在感は、現実の日々での困難や、克服されない哀しみから湧き上がるもののように見える。

「午後の五時」の主人公は、ノクレ。父親の馬車で送られて宗教学校へ通う。途切れることなくお祈りの言葉が流れるその学校に着き父親のすがたが見えなくなると、ノクレはカバンから白いハイヒールをそっと出して履きかえる。そして履きつぶしてぺしゃんこになった黒い靴をカバンにしまい、歩き出す。ノクレは、父親にだまって一般的な学問を教える普通校へ通っているのだ。父親は、女性が勉強したり仕事をもったりするのは神への冒瀆だと信じている。だから、普通校に通っていることは秘密なのだ。青いブルカに青い日傘、この恰好に真っ白なハイヒールは映える。ハイヒールを履いて、自分の足で歩き出す。白いハイヒールは希望の象徴なのだ。学校が終わり、家路につく女性たちの後ろすがたを撮った場面がある。彼女たちのブルカは青く、風に波打つ。たっぷりと風を受けて進む船のようだ。その青さが一様ではないことに目を引かれた。みな青は青だが、ひとりひとり色調がちがう。まったく同じ色のブルカでそろえていたら生まれなかった効果だ。私は教師に。私はエンジニアに。私は医者に。私は大統領に。それぞれの希望、それぞれの青を背負って、彼女たちは学校から帰っていく。言葉はなく、後ろすがただけで、彼女たちの中心にある思いが伝えられる。短く、印象的な場面だ。

水を汲むことも、日常の大事な仕事のひとつだ。だが、どこにでも豊富に湧いているわけではなく、ノクレたちは甕《かめ》をもって探しにいく。ノクレ、水はあったか。いいえ、まだ見つからない。そんな会話が父親と交わされる。ノクレは耳を澄ませ、水音を聞きつけようとする。人間にも必要だが、馬にもやらなければならない。探しても、なかなか手に入らないこともある。だれかにその場所を教えられることもある。水を探すノクレは、そうやって自分の内側をも探っていくのだ。だが、希望や夢の上を悲しい現実が前触れもなく通過する。女性も大統領になれると語った学友が、爆発にまきこまれて死ぬ。行方不明の兄が死ぬ。兄嫁の赤ん坊が衰弱して死に、ノクレの父親は手で地面に穴を掘り、埋葬する。いくら白いハイヒールが登場しても、青いブルカが清々しく風になびいても、状況の好転が約束されたわけではないのだ。この作品は希望に向かって終わってはいない。彼女たちは、どうなるのだろう。そんな不安と重苦しい後味が残る。

「午後の五時」の脚本は、サミラ・マフマルバフとその父モフセン・マフマルバフが共同で書いたものだという。アフガニスタンの現状を描こうとしているが、たとえ現実に似たようなことが起きているとしても、「午後の五時」そのものはひとつの独立した物語なのだ。だから、サミラの妹ハナ・マフマルバフの「ハナのアフガンノート」を観ると、おどろく。一貫性のある「午後の五時」が成立する過程で、製作側と撮られる側とのあいだで、衝突や葛藤が繰り返されたことがわかる。「ハナのアフガンノート」は最初、「午後の五時」のメイキングとしてはじめられた。が、映画に出ることを恥ずかしがる女性たちや、出演の約束を反故《ほご》にする男性などを撮っていくうちに次第にメイキングの域をはみ出し、ひとつのドキュメンタリー作品としてふくらむことになったのだ。

製作の裏舞台をのぞく。その感想はさまざまだろう。私には、映画というものに対する認識の開き、つまり、撮る側と撮られる側との認識のちがいがなにより興味深く感じられた。二十二歳の自信に満ちた監督は、ときに威圧的ともいえる態度でまくしたてる。映画に出ることで人生が悪くなることはない。むしろ良くなる。アフガニスタンのすがたを世界に伝えるためにこの映画を撮るのだ、協力して、と。映画に出れば海外へ行けるかもしれない、とか、この作品はアフガニスタンでは上映されないから、ともいって説得にあたる。それでも人々は疑いの目を向けるのだ。だれもが喜んで出演する環境なら、こうした葛藤がひとつのドラマとして成り立ち、意味をもつことはないだろう。命にかかわるかもしれないという認識があるからこそ、人々は頼まれても悩むのだ。イランのマフマルバフ・ファミリーは貴重な仕事をつづけている。

グルジア出身の監督オタール・イオセリアーニの「蝶採り」は、一九九二年に手がけられた作品。日本で公開されるのは今回がはじめてだ。

フランスの古い城館でのんびりと暮らすふたりの老婦人。ひとりはこの城の持ち主で、もうひとりはいとこだ。持ち主である婦人は車椅子に乗っているが、庭先で楽しむこととい えば、本物のピストルを使った射撃。缶をならべて次々と撃つ。撃っては、ほほえむ。なんだろう、このおばあさんは、と思いながら観ていると、こんどはいとこが、池にむかって弓を構える。魚を矢で捕るのだ。なんだろう、このおばあさんも。犬にはスリッパをはかせている。床を傷つけないように、ということらしい。どこかちぐはぐで、限りなくゆったりしたふたりの生活には、終わりがないように見える。だが、城館での生活は、台風の目だ。外へ出れば隣りの住人が、彼女たちの城を日本企業へ売却斡旋しようとしている。売るつもりはない、と断りつづけるいとこだが、持ち主である婦人の死を境に、状況は一変する。城をふくめたすべての遺産は、いとこではなくロシアに住む妹のものになるのだ。いとこは怒りも恨みもしない。のんびり、ゆったりとした調子を崩さない。ひとつの場所での生活が終わったのだと受け入れて、出ていく。

古い城館なので、亡霊が出る。亡き将官の亡霊が現れる場面があるが、なんのために現れるのか、はじめはよくわからなかった。というのは、その亡霊といまの住人とのあいだに接触が生まれるわけではないからだ。つまり、亡霊を見てしまった、と城館の住人が思うわけではないのだ。住人は思わないが、映画の観客にはわかる。そういう造りになっている。亡霊と生きている人物のあいだに交流が生じたらホラーになってしまう。でも、そうではない。ただ出るだけなのだ。それならなくてもよかったのでは、と思いそうだが、亡霊に扮しているのはイオセリアーニ監督自身であることを知ると、意味のない役をあえて演じているとも思えない。たとえ目に見えていなくても、物事は流れているのだ、動いているのだ、ということを、亡霊の場面は表していると捉えるべきだろうか。

ふたりの老婦人たちも亡霊も立ち居振る舞いはおだやかだ。このおだやかさが、かえって不気味に感じられる。なんとしてもこの城館を買おうと交渉する日本人のすがたも不気味だ。城館を買い取って浮きたつ彼らのすがたも不気味。市場でフランスの葱を買う彼らも不気味。日常とは不気味なものなのだ。「蝶採り」を観て、すっかり怖くなった。いとこ役を演じるナルダ・ブランシェはイオセリアーニ監督のパリの家の近所に住む老婦人だという。どこか落ちつきがあり、どこかユーモラスでもある、すてきな老婦人だ。どんなふうにこの役を引き受けたのだろうか。「ハナのアフガンノート」で、ノクレ役を引き受けるかどうかについて、アゲレ・レザイの逡巡を目にした後だから、ふと気になる。

「群盗、第七章」は、イオセリアーニ監督、一九九六年の作品。「四月」「歌うつぐみがおりました」「蝶採り」とならんで、本作品も日本では今回が初公開となる。

監督の祖国グルジアの歴史が描かれる。中世、旧ソ連時代、内戦時代、そして現代のパリと、場所や時間は交錯する。戦争や破壊と無縁な時代はなく、密告や拷問なども描かれているが、全編に喜劇の味があって、奇妙なおかしさを身体の内に残す。同じ俳優がいくつかの役を演じているところにも、おかしさがある。たとえば、アミラン・アミラナシヴィリは、王、サルタン、内務人民委員部長官、浮浪者の四役に扮する。ニノ・オルジョニキーゼは、王妃、テロリスト、武器商人の手下の妻を演じる。はじめて観ても、あれ、さっきの人だ、とすぐわかる。わかっているよ、同じ人だよ、とこちらは画面のにおいを嗅ぎつけたつもりでひとり納得するが、登場人物たちはただ淡々と演じつづける。別の役柄から別の役柄へと、繰り返しすがたを移し、ほとんど無表情で演じるのを観ているうちに、おそろしさがじわりじわりと湧いてくるのだ。密通が王の逆鱗にふれ、処刑される中世の王妃。処刑台に首を据え、顔を横向きにした王妃は、塔の上から見守る王にむかって、余裕のウインクを送る。振り下ろされる斧。その、同じ顔をした女が、別の時代では黒いコートをまとい黒い帽子をかぶったテロリストとなって、街を歩きまわる。あ、またあの人が出てきた、とわかる瞬間は無力感にとりつかれ、失望し、くらくらする。それでも、また出てこないかな、と期待する気もちになるのだ。ふしぎなことに。そんな抗しがたい味の層をいくつも重ねながら、群像劇が展開する。

イオセリアーニ監督が人間の愚かさや深刻さを描くとき、そこにはかならず喜劇の味わいがある。それは、深刻さや哀しさを軽く扱おうということではない。そうではなくて、おかしさは、むしろ自然に滲み出てくるのだとわかる。インタビュー記事のなかで監督は、「本当の喜劇というものは常に苦しみに基づいたものなんだ」といっている。「群盗、第七章」のテーマもそこにあるといえるだろう。現代のパリ、浮浪者が、道を行くひとりの女に声をかける。「どこかで会った気がするんですが」。「言葉がわからないわ」と答えて、女は立ち去る。会ったような気がする、それだけだ。だれもはっきりということはできない。けれども、観客には、ひとつわかることがある。中世の場面で、浮浪者の男は王、武器商人の手下の妻は王妃だったということだ。時間の河に投げこまれ、人々は翻弄される。イオセリアーニ監督は、この作品にもみずから出演している。中世のサルタンのそばで歌う、歌手の役。ほんの一瞬の登場だが、なんだかおかしく、笑ってしまう。物語のすべてを見通した男が、知らない顔をして歌っているようで。亡霊になったり歌手になったり、いそがしい監督だ。

おなじ歌

小春日和。電車にのっていたら車内放送が入り、「つぎは成城学園前でーす」。その「でーす」が、たのしかった。よかった。はっとした。その発音には、だらしなく引きのばされた感じはなくて、まるで子どもが電車ごっこをしているかのような嬉々とした弾力があり、そうだそうだ「でーす」だね。数々のいやなことも忘れて、気分は上向きになった。こんな車掌さんはえらいな、と思い、顔を見ようとしたが、ドアから半分だけ身をのり出して自分の場所を確かめると先頭車両に近いほうだったので、やめた。「つぎは下北沢でーす」。そうだそうだ、いいも悪いもなく、変化していくのだ、生活も、性格も、と急に考えることになった。「つぎは代々木上原でーす」。どの車掌さんにも、いつもこんなふうに放送してもらいたい、と、どちらでもいいようなことだが、はっきりと思ったのだった。

なんでも書き取っておく私のノートをひろげると萩原朔太郎の言葉がうつしてある。「春山行夫君に答へて詩の本質を論ず」という題の文章からで、メモした日付は一年くらい前になっている。

〈創作上に於ても、思想上に於ても、僕はすくなくとも過去に三度以上の変化をして居る。それ故自分の詩集に序して、「変化は詩人の生命である」と公言した。また「変化のない詩人は死滅である」とも書いた。おそらく過去の詩壇で、僕ぐらゐ著しく変化した人はないであらう。単に詩ばかりでなく、それに準じて思想(詩論)もまた常に変化と流動を繰返して来た。〉

そうだそうだ、と私は思う。再読してもそう思うのだから、自分はその考えに賛成なのだろう、と思う。一度なにか打ち立てるとずっとそこから動かないひともいる。もちろん、物事にもよるけれど、動くことは悪くない。いろいろ試してみるのがよいのだ、試しても、試さなくても、どのみち死んでしまうのだから、と思うと、芽のようなものがすっすっと胸のうちに伸びてくる。入学式をひかえた小学生のような、妙な度胸に満ちてくる。

そうだそうだ、と納得していると、ひたいを羽で撫でるようにして、記憶が降りてくる。ふわりふわりと降りてくる。なんのことだっけ。それから思い至り、本棚から一冊の本を取り出す。岸田衿子の詩に、安野光雅の絵がそえられた『ソナチネの木』(青土社)。短い詩ばかりで成り立っている本だから、探しているページは、すぐあらわれる。中学生のころ、友だちの誕生日にこの本をおくったことがあった。何年か前に新版が出たとき、書店でたまたま目にして、なつかしくなり手に取ったのだった。

〈一生おなじ歌を　歌い続けるのは／だいじなことです　むずかしいことです／あの季節がやってくるたびに／おなじ歌しかうたわない　鳥のように〉

そうだそうだ、と私はまた思う。「変化は命」という朔太郎の考え方もその通りなら、「おなじ歌を歌っていくことはだいじ」というこの詩の考え方も、まったくその通りにちがいない。そして、変化しながらおなじ歌を歌っていく時間の過ごし方も、できるだろうよ、それを望むことを思いつきさえすれば、と思う。

なんでも書き取っておく私のノート。ふたたびひらくと、今度は半年前の日付で「内山外科（二日前ネコにひっかかれて行く）のはり紙」と、メモがある。

「骨の強さ（骨密度）すぐに計れます。御希望の方はどうぞ」。たしかに病院に行き、たしかにそんなはり紙を、見たことは見た。書き取った気もちを思い出そうとするが、思い出せない。

「でーす」の車掌さんの電車にまたのりたいと思うけれど、乗り合わせない。「でーす」だね、と軽々こなしていきたいが、ノートのメモは忘れるばかり、私の足はつまずくばかりだ。変化しながらおなじ歌を、と望めば、目に入るのは十一月の朝顔。季節を無視して狂い咲く晩秋の朝顔だ。

おわら風の盆

風の盆へ行った。

夏と秋が入れかわる九月のはじめ。おわら風の盆は、富山県八尾《やつお》町の祭りだが、踊り手の顔をかくす編み笠と哀しげな音色を響かせる胡弓の演奏で知られている。それも、かなり知られているということが、行ってみてわかった。

富山駅から在来線で二十分ほどのところにある越中八尾駅に、着かない。三十分たっても一時間たっても、たどり着かない。たどり着かないのは、電車に乗れないからだ。電車に乗れないのは、富山駅に乗車の順番を待つ長蛇の列ができているからだ。けれど、お祭りに遊びに行くとあって、せかせかしている人、いらいらしている人は、それほどいないようだった。すぐ前に並んでいた御婦人がとつぜん振り返り、くしゃくしゃになった一枚の紙をひろげて地図上の一点を指さした。

「ここですよ、たしか。小説にかかれているのは」

私はおどろいてしまった。まったくの見知らぬ御婦人なのだ。私がぽかっとしたためか、御婦人はそのまま前へ向き直り静かになった。小説。小説か。はて、なんの小説だろう。が、そういったこととは関係なくその祭りのなかへ入っていきたかったので、見知らぬ人のとつぜんの言葉を私はその場で捨ててしまった。

私は風の盆へ行くのははじめてだ。けれど私のおばあさん、ひいおばあさん、ひいひいおばあさんや、ひいおじいさん、ひいひいおじいさんなどは、毎年二百十日ごろにめぐってくるこの祭りを楽しみに生活していたものらしい。会ったことはなくても血のつながりのある人たちが身体で知っていた音や動き。それに触れてみたいという考えだったから、小説の舞台になっていようと、演歌のテーマになっていようと、関係ないのだった。

聞いたところによれば、女性の赤い柄の浴衣を着られるのは、二十五歳まで。土地に少しはゆかりがありながら、一度も着ないうちにその年齢を越えたことが、私にとってどんな意味をもつのか、にわかにはわからない。あるいは、どんな意味もないのかもしれない。

八尾の町に入り、人の波に押されながら歩きはじめてしばらくすると、おかしなことに気がついた。いったい、どこで踊っているのだ。いない。どこにも、いない。歩いても歩いても、いるのは観光客ばかりで、肝心の、謡い手踊り手のすがたが見えない。町の通りでは、時間にもよるけれどほとんど見られないようだ、ということが、そのうちまわりの空気から伝わってきた。すれちがう人、追い越していく人、みなそのことばかり口にする。通りのどこかで運よく踊りがはじまると、もうたいへんな人だかり。胡弓の音などいとも簡単に掻き消されてしまう。あちらでもこちらでも、知らない者どうし訊ね合っている。

「こっちで踊り、はじまるんですか」

そしてだれもこの問いに答えられないのだ。聞かれれば、こっちが聞きたいよ、と思う人ばかりが、町の通りにあふれているのだった。ここはひとつ、ただの散歩のつもりで、と私は踊りを追いかけるのをやめた。やめると、今度は別の踊りに気がついた。別の踊りを取りかこむ人たちのすがたも目に入ってくるのだった。それは、商店の店頭のビデオのなかの踊りだ。ビデオもあれば、DVDも、CDもある。おみやげ用として売られているのだ。町の通りにずらりとならんだ店は、食べ物や飲み物を売るのでなければ、こうしたおみやげを売っているのだった。

店頭に据えられたテレビに、人があつまっていた。ビデオには踊り方を指導するようなものもあって、あつまった人たちは熱心に覚えようとしている。そしてときどき思い出したように、どこへ行けば見られるんでしょうねえ、踊りは、とつぶやいている。私もしばらくのあいだ電器屋さんの店頭でビデオを見ることにした。祭りの日、その場にいながら、実物ではなくビデオを見ているのだ。ばかばかしいことのようだが、そうでもないのだった。いったいどこへ行けば、さあどこでしょう、といいながら、電器屋さんの前に人があつまっているのは、のんびりした楽しい風景なのだった。

夜、八尾の通りを行けば、どこにもそのような風景があった。それは私にとって、風の盆そのものと同じくらいめずらしい眺めだった。

風呂敷のこと

月あかりだったら風情もあるけど。夜、山の温泉で、鼻から下は湯につかったままじっとしていた。茹でられるたまごのように、じっと。月あかりなら、風情もあるけど、照らしているのは月ではなくて、脱衣所の壁に取りつけられたひとつきりの電球だった。ひとつなら月も同じか。や、電球なら切れたらおしまいだよ。湯気のなかではそんなつまらない思いつきもなかなか飛び去ろうとしない。水分を吸って、重たくなるのかもしれない。ばかだなあ、と思えば思うほど、真面目な顔をして目の前を行ったり来たりする。そのむこうに、女の頭がふたつ。片方はおばあさん。上にタオルをのせている。タオルを、どんなふうに折っているのか河童のようだ。もう片方はおばあさんでもおばさんでもないらしい女の人。タオルは岩の上にのせている。私も同じ岩に、自分のタオルをのせている。遠慮のない距離でならんだ白いタオルをちょっと見ると、家族のようだ。彼女のほうが後から入ってきてそこに置いたのだ。私は不満だった。近すぎるよ、と思っていると、今度はその人の頭が、湯に没する身体を引き連れて、鰐のように、すうっとこちらへ寄ってきた。寄ってきて彼女は口を開いた。

「遠くからですか」

「神奈川県のほうからです」

「そうなんですか、私も家が神奈川で」

それから話がはじまってしまった。家は神奈川県だけど、ずっと帰ってなくて、といわれれば、ああ、それは、と答えないわけにいかない。高校をやめてこの温泉の別の旅館で働いているという。二言三言、きいているうちに、これは相槌を打っていればいいのだとわかった。なぜ、とか、どうして、とかいう言葉を彼女はいわれたいわけではないよ、とわかった。ただ自分のことを話したいらしい。逃げ場もないので、顎までつかって、おとなしく話をきいていた。湯気のなかの問わず語りはどこか老人の昔話のようだ。この人は十代なのに。そして湯のなかには、本物のおばあさんがまだいた。頭にタオルをのせ目をつむっていたが、そのうちに、しわの寄ったほそい身体をさらっと見せて、出ていった。

湯気がまわりの草木にあつまり、話が途切れると、しずくのたれる音がした。熱くなってきたな。じゃあ、そろそろ、お先に。問わず語りの女の子も、おばあさんにつづいて上がった。私だけになった。私も上がった。電球のまわりを羽虫が飛んでいる。ちょうど脱衣所の扉を閉めてさっきの女の子が出ていくところだった。彼女の腕のなかで、なぜか見なれた色彩が火花を散らした。あれっ。あれ。もしかして。自分の籠をのぞくと、やはり、ない。着替えをつつんできた風呂敷が、ない。小走りに駆けていく足音。追いかけることもできず、がっかりしてその場に立ちつくした。

持ち去られた風呂敷は、京都の駅ビルでおみやげに売られているような派手な品だった。濃いピンクの地に花と貝の柄。日ごろ、自分には合わないな、と思いながら使っていたせいか、とうとう人に持っていかれたのだ。わかった瞬間は猛烈に腹が立ったけれど、湯に浸かっていた顔の幼さを思い出すと、怒る気も失せた。が、怒りは消えても、苦い後味は心に落ちない染みを作る。風呂敷はいまごろ、使われているのか、しまいこまれているのか、それとも捨てられてしまっただろうか。捨てられるくらいなら使われているほうがまだいいな、と思う。

私は風呂敷を何枚かもっていて、本をつつんだり、旅行のときは衣類をつつんだりする。日本人ならだれでも知っているような四角い布だが、その実用性は使ってみなければ実感できない。見かけよりずっと便利だ。私はなんでもつつむ。本などをつつんだ後は、一応ぱっぱっとはたいてから服をつつむ。それで済んでしまうのだ。色柄は、もっていて気分が悪くならなければなんでもよい。が、花よりは兎や雪輪などの模様がすきだ。男性が風呂敷をもっているのを見るのもすきだ。よごれたな、と思い慎重に手洗いしたが、だめになった一枚があった。正確にいうと、私にとってはだめでもないが、人から見るとだめらしいのだ。洗えないものを洗ったため、縮んで、しわしわになってしまったのだった。アイロンでのばしてものばしても、元にはもどらない。三分の二くらいの大きさになってしまった。アイロン、かけてあるんだけど、といくら心のなかで思っていても、人前に出すと、なにそれ、という空気が流れてくるので、しだいに使えなくなった。

窓に風呂敷、という眺めを、尾崎翠は作品のなかで書いている。短編「歩行」で、松木夫人は「私」に、土田九作氏の住まいへの道をこう教える（中野翠編『尾崎翠集成・上』筑摩文庫）。

〈九作氏の住居は火葬場の煙突の北にある。木犀が咲いてブルドックのいる家から三軒目の二階で階下はたぶんまだ空家になっているであろう。二階の窓には窓かけの代りとして渋紙色の風呂敷が垂れているからと説明した。〉

「地下室アントンの一夜」には「僕は、机の向うに垂れている日よけ風呂敷に僕の精神を吸い込まれて」という一行がある。カーテンの代わりに窓に風呂敷を、というのは、わびしいひとり住まいを想像させもするが、奇妙なにぎやかさもある。風呂敷を窓に止めればいい、とひらめいた瞬間のにぎやかさだが、いってしまえば、なぜかそこだけがリアルなのだ。なぜだ、なんだろうこれは、と不思議に思っていると、ある時期、尾崎翠と親しくしていた林芙美子が、随筆「落合町山川記」にしっかり書きとめているのだった（武藤康史編『林芙美子随筆集』岩波文庫）。

〈その頃、尾崎さんもケンザイで鳥取から上京して来ていた。相変らず草原の見える二階部屋で、私が欧洲へ旅立って行く時のままな部屋の構図で、机は机、鏡台は鏡台と云う風に、ちっとも位置をかえないで畳があかくやけついていた。障子にぴっちりつけて机があった。その机の上には障子に風呂敷が鋲で止めてあった。〉

作者の部屋には、実際に、日よけのための風呂敷があったのだ。人の暮らした跡というのは、簡単に消えてしまう。とくに賃貸の住まいでは、あたりまえのことだが、別の人が入ればなにもかも変わる。取り壊されれば、それまでだ。まれに発掘される縄文時代の焚火の跡などより、さらになにも残らない。そんな間借りの空間にぺらっと吊るされていた一枚の風呂敷のことを、本人も、また近所にいた友人も、なにげなく書き記している。これこそ生活の記念だな、と思う。記述された生活の記念だ。

チェコに行ったとき、知人のおばあさんにおみやげはなにがいいかなと考えて、風呂敷を選んだ。うすい黄色の地に桜を散らした風呂敷。紙の袋を開けて、膝の上にひろげると、おばあさんは考える顔つきになった。これはなにするものなの、スカーフかな。スカーフじゃなくて、つつむものです、なんでも。知人に通訳してもらい、用途を伝えたつもりだったが、次の朝、おばあさんがつつんでいたのは自分の頭だった。どう、似合うかな。気に入ったからというより、私に見せるためにそうしてくれているようだった。午後になると、風呂敷はどこかにしまわれて、見えなくなった。

真夜中の船

つばさのかたちをした島へ行ったことがある。

スカイ島、つばさのかたちをしたその島は、スコットランドにある。ある冬のおわりに、インヴァネスという町からバスに乗り、島へむかった。どこまで行くかな、このバスは、と時刻表を見ると、ポートリーという町が終点だった。地図を開くと、町の位置には確実な点が打ってあり、ここは町だ、人が集まって暮らしているよ、と知らせている。もし、その手前で降りようとするなら、雪の荒野にたったひとりぽつんと取り残されるのだ。凍った土の上をとぼりとぼり歩いているうちに日が暮れる、という場面を想像するだけで心細くなる。路線バス以外の足がないから、島のどこへ、というのは選びようもない。行き先はポートリーだった。

くもっていた。太陽は太古の宝玉のように雲につつまれ、隠されて、ときおり薄日が射すだけだった。白、灰色、黒、茶。窓から見える景色の色彩はかぎられている。それでも飽きることはなかった。白、灰色、黒、茶。そしてまた白、灰色、黒、茶。ここではなんといっても、岩石と雪の階調がすべてなのだ。私はそんな景色をすきになることがある。とてもすきになることがある。そういうとき、空の青や草木の緑がなくても、かまわない、と思う。

ところが、ポートリーの町で泊まることになった宿は、ピンク色をしていた。ピンク・ハウスというだけあって、外装が砂糖菓子のようなピンクなのだ。ピンク・ハウスは赤や青の建物と肩を寄せ合うようにして、うずくまっていた。港が目の前だ。風がつよい。嵐のときはどうするのだろう、と思うような近さに海がある。ポートリーは、島でもっとも大きな町だというが、端から端まですぐ歩けるほど、こぢんまりしていた。夕食になにを食べたのかよく憶えていない。魚とポテトとパンは、あったような気がする。それから熱い紅茶も。

夜、なにかぱらぱらと降ってくるような気がして目が覚めた。そこらじゅうに、ぱらぱらぱら降ってくる。はっとして目をあけると、それは音だった。降っているのではなく、次々と鼓膜にとどく音だった。鳥だ。鳥の声だ。それから規則正しく打つのは船だ。船のエンジンの音だ。隙間から外をのぞこうと、カーテンに手をかけると、部屋のなかにぱあっと光が射しこんだ。寒さも忘れて窓を開ける。息が白くなる。すべての音はいっぺんにクリアになる。二階の部屋から見下ろす港のそこだけ、小さな船のまわりだけ、光に溢れている。鳴きながら飛びまわる海鳥たち。カモメかな。カモメだな。船が、漁からもどったのだ。

すっかりうれしくなり、パジャマの上にコートをはおると、宿の人にあやしまれないように、できるだけ静かに玄関を通り外へ出た。船のそばへ行き、寒いからしゃがんで身体をまるめた。漁船のあちらこちらにライトが明るく灯っている。おびただしい数の海鳥が、光のなかに現れたり、そこから外れたりを繰り返す。まるで、意思のある紙吹雪のようだ。紙吹雪は漁の成果を祝福しながら、隙あらばと狙っているのだった。

町の人たちが寝静まった時刻、船はかがやきながら闇に浮かんでいる。船、数人の漁師たち、海鳥。そこには光があり、調和があった。光のとどく範囲だけで、ひとつの世界ができているようだった。私はその外にいる。地面近くまるくなったまま漁師の仕事や海鳥の飛翔をながめている。私はその世界の外にいる。魚が銀色に跳ねるのが見える。なんの魚かな、と思ったけれど、わからなかった。近づいて訊くより、もうしばらく見ていよう、ここで、と思った。寒いよう、寒いよう、と思いながら港の一隅にはりついていた。

ポートリーの小さな港で真夜中に見た船の光景を、繰り返し思い出す。舞台のような、幻燈のようなながめだったからだろう、いまでもときおり夢だったのではないかと思う。けれど、私はたしかに見たのだ。そして、それは私が目にしてきたうちで、もっとも美しい光景のひとつなのだ。いきものの「食う・食われる」の関係が光のうちに照らし出され、おそろしく、そして感動的だった。魚のほうへ心を寄せれば恐怖ばかりがふくらむが、人間の側に立てば、豊漁のよろこびで満たされる。ピンクの宿にもどると、枕の下に波の音をききながら眠った。

朝、窓を開けると、昨晩の船はひっそりと休んでいた。ライトは消え、漁師たちも消え、海鳥の群れも消えていた。風も波もない、おだやかな灰色の港だった。船の近くまで行くと魚のにおいがした。どうやって渡ったのか、猫がデッキの上をうろうろしている。それを見ている、海の男らしい老人とその犬。男は煙草をふかしていた。昼前、ピンク・ハウスを出てバスに乗り、つばさのかたちをしたその島を後にした。

イニシュマーン島へ

ヨーロッパの地図をひらいてみると、アラン諸島はアイルランドの西の海にぽつ、ぽつ、ぽつ、と浮かんでいる。イニシュモア島。イニシュマーン島。イニシィア島。東のイニシィア島から真ん中のイニシュマーン島へ、日に二度だけ通るフェリーにのって、渡った。

この島で降りるひとはすくない。私のほかに、ふたりのひとが降りた。道を知っている足取りだから、きっと地元のひとなのだろう。電柱を見ると、木でできている。日本の昔の電柱みたいだ。電柱は木製でも、岩ばかりの島には木がほとんど生えない。木はなくて、草は生える。見渡すかぎりの土地をおおいつくすのは石垣。それがまるで網の目のように見える。この島は石の網をかけられたような島なのだ。石の網目に暮らすひとたちが、漁の網をととのえて、海へ乗り出す。カラハという黒い小舟にのりこんで。

道ですれちがうとき、島のひとたちはかならず挨拶をする。相手が旅行者でも変わらない、島の習慣なのだ。言葉を交換しながら歩いていった。石垣にかこまれた草地に家畜たち。羊は二頭の子羊、牛も二頭の子牛をつれている。見ると、どれも二頭ずつなのはふしぎだ。石垣のあいだの道を通ると、家畜たちは動きをとめる。こちらをじいっと見る。島の動物たちはみんな、おとなしくて落ちついている。とくに犬たち。種類をかぎらず、大小どんな犬も、ふだん日本にいて目にするのとはちがう生き物のようだ。自分という存在をしっかりつかまえているような威厳がどの犬にもあふれている。だいいち、だらだらと舌を出していない。それは気温のせいなのか。人口は三百人に満たず、車もまったく通らないイニシュマーン島では、動物たちの顔がさっぱりとしていてきれいだ。

劇作家J・M・シングのコテージは、島の中央あたりにある。これだな、と白い家を見つけた。戸をたたく。返事がない。窓をたたいてみる。いきなりカーテンが開いて、女のひとの顔が半分のぞいた。「二時間後、また来てください」。管理人さんにそういわれたら、しかたない。先に、ダン・ホンフルという古代の砦へ行ってみることにする。そこはシングの『アラン島』（姉崎正見訳・岩波文庫）にも出てくる遺跡だ。シングが来たのは百年ほど前のことだけれど、そのころすでに遺跡だったし、いまも遺跡だ。たくさんの石が円をかたちづくるように積み上げられている。無理してのぼったのはいいが、さて、降りられない。こまった。降りられない。たったひとり遺跡の上でなやんでいると、時間も冷や汗も風にあおられて飛んでいく。やっとの思いで地面に足をつけ、もう一度シングのコテージへ行く。

小さな家のなかに入ると、なにかがはぜる音。それから煙のにおいがする。管理人さんが暖炉に火をいれてくれていたのだ。火のそばにすわる。上から吊るしてあるもの。籠や網や、そのほかさまざまな生活道具。パンプーティとよばれる牛革のサンダルも、黒くひからびたようになって下がっている。シングはこう書いている。「夜脱いだ時は、それを水桶の中に入れておく。革を硬いままにしておくと足や靴下を切るからである。同じ理由で、足を常に湿めらせておく為に、人人は昼間、時時波の中にはひる」。さわってみると、パンプーティはかちかちに固まっていた。

暖炉のある部屋をはさんで右に寝室、左に客用の寝室。その昔、郵便局だったんです、この家は、と管理人さんがいう。管理人さんが着ているアランセーターを見ると、太い縄の模様が編みこまれている。縄の模様は、漁に出るひとの命綱や、豊漁への願いを意味するものだ。岩を砕いて土にする。海藻を焼いて灰にする。島のひとたちはそうやって生きてきた。

島のにおいにつつまれて、火のそばでじっとしている。おもてでカッコウが鳴きはじめ、完璧な一瞬がおとずれた。

龍を見る

龍の絵を見にいこう。祖母がいった。

祖母のいう龍の絵は、北鎌倉のある禅寺の天井画のことだった。今年、寺の創建七五〇年を記念してあたらしく奉納されたものだ。ふだん絵画に関心をもっているわけではない祖母の誘い、めずらしいと思って、よくきいてみると、お寺から案内状がきたから、という。あと十日で、終わりだよ、一般公開は。

私たちはなぜか、寺の総門からはずれた駐車場のほうへ着いて、うろうろしてしまった。うろうろといっても、祖母はもうそんなにはやくは歩けない。買い物用にもなるカートにつかまって、ゆっくりゆっくり進む。カートのつかえないところでは、杖をついて歩く。とても小さな祖母の背丈に合わせて、短めに切られたほそい杖。私は方向を間違えないようにしないといけない。

ここからでも入れるよ、というので、私たちは境内に足を踏み入れた。十年、いやもっとたっているな、最後に来てから、と私は急に思い出した。来たくなかったわけではないが、特別来たいとも思わなかったので、十年くらいあっというまにたってしまったのだ。おばあちゃん、最後に来たのいつ、ときいた。いつかなあ、十年くらい前かなあ。だって用ないもん、という。用ないもんね、あたしも用ないよ、といいながら歩いていくと、ふといふとい樹木が二列になってならんでいた。

この木は前に来たときもあった。あったような気がする。あれ、どっちだったかなと考えて、それから、あきれはてた。あったにきまっている。何十年どころか、もう何百年もここに生えているのにちがいないのだから。根方の苔のあいだから立て札がのびて、柏槇、と木の名を告げていた。その横に、びゃくしん、とかなが振られていた。

苔と砂利の境界に、空を砕いたようなものがちらばっていた。よく見ると蛾の翅で、私は突然、思い出した。小学生のとき、掃除の時間、蛾は学校の昇降口にあらわれた。オオミズアオを見たのはそれがはじめてだった。昇降口の床にはりついた蛾は、箒の先でふれてもなかなか動こうとしなかった。眼は黒かった。翅は、どこか別の世界からきたような水色をしていた。私が祖母の背丈を追い越したのはそのころだったかもしれない。

法堂《はっとう》に入ると、いきなり天井から睨まれた。ひたひたとせまってくる御堂の冷気を足もとから吸い上げながら、私たちは龍を見た。祖母は両手を杖にあずけたまま、まがった腰をのばすようにして、見上げた。私が上を向くと、肩凝りのせいか首の骨がこき、と鳴った。

まだ少年の顔をした年若いお坊さんが、いつのまにか脇に立っていた。お坊さんは耳打ちしてきた。このお堂のどこにいても、龍の目に見られるようになっているんです。そうですか、とこたえたが、お坊さんは不満気だった。前後左右と動きながら、私にも位置を変えて試すようすすめ、ほら、どこから見ても、という。しかたないので私はすこし大げさに、ほんとうですねえ、と相槌を打った。

なにか思い出したようにお坊さんは法堂から出ていき、私たちは長椅子に腰かけた。

祖母は、天井へ向けた視線を私の顔にうつし、声をひそめていった。龍ってほんとうはあんな大きくないんだよ。えっ、龍。私がききかえすと、祖母は真顔で、昔、おばあちゃんの親の知ってるひとが一度だけ見たってきいたよ。南京街で、檻だか籠だかに入れられてたって。私はまたききかえした。それ、ほんとに龍だったの。うん、龍だって、いってたよ。こんな大きくないんだって。もっと、ちいちゃいんだって。祖母は両手で四十センチくらいの幅をつくった。

小さな女の子のような祖母と、ならんで腰かけ龍を見ていた。龍なんか捕まえてどうするんだろうね、見世物か漢方薬かな。私はいってみた。さあどうするんだろう、おばあちゃんわからないけど。祖母は不安そうな顔をした。正面からも視線を感じて、顔をあげると千手観音。それを凌ぐほど天井画の龍の目は強い。

天井から睨まれながら、ふたりでしばらく龍の話をしていた。

あとがき

「図書新聞」「週刊朝日」の連載を中心に短い文章を集めて、はじめてのエッセイ集としてまとめた。Ⅰは、日常という扉の向こうにひろがる光景、出来事、生きものなどについて。Ⅱは読書エッセイ、本をめぐる文章。Ⅲには旅その他、靴を履き出かけていった先で出会ったことなどを収めた。子どものころ、近くの公園に孔雀がいた。くるりとひと回りするほどの広さしかない檻のなかで孔雀は尾羽を引きずり、もてあましているように見えた。羽を開くところを見たい。そう思い呼びかけるが、孔雀はつまらなそうだった。ある日、孔雀は怒った。突然ぱあっと開いた羽の先に模様の目がいくつもならんだ。いくつもならんでいっせいに見た。この瞬間を憶えておこうと思った。

刊行にあたりお世話になった方々、白水社編集部の和気元さん、鈴木美登里さん、そして装幀家の菊地信義さんに感謝いたします。

二〇〇四年八月一〇日

蜂飼　耳

初出一覧

I

四月の一列（「図書新聞」二〇〇四年四月二十四日号）
おとなになったら（「図書新聞」二〇〇三年九月十三日号）
夏の青虫（「図書新聞」二〇〇三年七月十二日号）
金魚の町（「図書新聞」二〇〇三年七月二十六日号）
麻里恵（「図書新聞」二〇〇二年四月十三日号）
頭（「図書新聞」二〇〇三年九月二十七日号）
植えてみたいと思った（「福邦メディア」十五号／二〇〇三年四月）
店（「図書新聞」二〇〇四年三月十三日号）
開花（「図書新聞」二〇〇三年四月二十六日号）
履く（「図書新聞」二〇〇一年十二月十五日号）
橋の名は（「図書新聞」二〇〇二年三月十六日号）
地蔵（「図書新聞」二〇〇四年四月十日号）
乗る（「図書新聞」二〇〇四年二月二十一日号）
遠ざかる花火（「北海道新聞」二〇〇二年八月十四日）
やわらかな王さま（「図書新聞」二〇〇三年二月一日号）
いそいでめくる（「図書新聞」二〇〇三年八月九日号）
狐につままれて（「図書」二〇〇三年五月号）
銭湯（「図書新聞」二〇〇二年九月十四日号）

II

子どもはどうすれば（「週刊朝日」二〇〇三年八月八日号）
ルーシー（「図書新聞」二〇〇二年七月十三日号）
よそおう（「図書新聞」二〇〇三年五月三十一日号）
ともだちの絵本（「週刊朝日」二〇〇三年二月十四日号）
すきではなくても胸を嚙む（「週刊朝日」二〇〇三年四月十一日号）
地獄谷の石（「図書新聞」二〇〇三年五月十七日号）
孔雀の羽の目がみてる（「週刊朝日」二〇〇三年七月十一日号）
鰐の気配（「週刊朝日」二〇〇三年十月十日号）
際限ない漂流（「週刊朝日」二〇〇三年九月十二日号）
魯迅（「図書新聞」二〇〇一年十二月一日号）
暴力の発生（「新潮」二〇〇二年八月号）
森からはじまる（「産経新聞」二〇〇四年三月七日号）
夜景と暗闇（「週刊朝日」二〇〇二年二月二十二日号）

抱えるもの（「週刊朝日」二〇〇三年十二月五日号）
月は照らして（「週刊朝日」二〇〇四年六月四日号）
お面のような（「図書新聞」二〇〇二年八月三十一日号）
本を読む（「図書新聞」二〇〇三年十月二十五日号）

Ⅲ

エニス修道院（「図書新聞」二〇〇四年六月十二日号）
笛吹川（図書新聞」二〇〇四年一月十七日号）
予感（「図書新聞」二〇〇二年十二月十四日号）
酉の市（「図書新聞」二〇〇二年十一月三十日号）
苺を探しながら（「週刊朝日」二〇〇四年七月二日号）
溶けないアイスクリーム（「図書新聞」二〇〇三年四月五日号）
小菊（「図書新聞」二〇〇三年八月三十日号）
香月泰男展のこと（「図書新聞」二〇〇四年二月二十八日号）
撮る、撮られる（「群像」二〇〇四年六月号）
おなじ歌（「図書新聞」二〇〇三年十一月二十二日号）
おわら風の盆（「青淵」二〇〇四年一月号）
風呂敷のこと（「図書」二〇〇四年二月号）
真夜中の船（「かまくら春秋」二〇〇四年二月号）
イニシュマーン島へ（「図書新聞」二〇〇四年六月二十六日号）
龍を見る（「図書新聞」二〇〇三年六月二十八日号）

著者略歴

蜂飼耳（はちかい・みみ）
一九七四年、神奈川県生まれ。早稲田大学大学院文学研究科修士課程修了。詩集に『いまにもうるおっていく陣地』（紫陽社・第五回中原中也賞）、『食うものは食われる夜』（思潮社・第五六回芸術選奨文部科学大臣新人賞）、『隠す葉』（思潮社）、小説に『紅水晶』（講談社）、『転身』（集英社）、エッセイ集に『空を引き寄せる石』（白水社）、『秘密のおこない』（毎日新聞社）、絵本に『ひとり暮らしののぞみさん』（絵・大野八生、径書房）、『エスカルゴの夜明け』（絵・宇野亜喜良、アートン）、訳書にアンデルセン『おやゆびひめ』（絵・北見葉胡、偕成社）などがある。

孔雀の羽の目がみてる

二〇〇四年九月一〇日　第一刷発行
二〇〇九年一月一〇日　第三刷発行

著者 © 蜂飼耳
発行者　川村雅之
印刷所　株式会社 精興社
発行所　株式会社 白水社

東京都千代田区神田小川町三の二四
営業部　〇三（三二九一）七八一一
編集部　〇三（三二九一）七八二一
振替　〇〇一九〇-五-三三二二八
郵便番号　一〇一-〇〇五二
http://www.hakusuisha.co.jp
乱丁・落丁本は、送料小社負担にてお取り替えいたします

松岳社株式会社青木製本所

ISBN978-4-560-04995-2

Printed in Japan